mon roman chéri

Magie à l'ancienne

FLEURUS

Direction : Guillaume Arnaud
Direction éditoriale : Sarah Malherbe
Direction artistique : Élisabeth Hebert
Édition : Mélanie Davos, Anna Guével
Fabrication : Thierry Dubus, Sabine Marioni
Mise en pages : Text'Oh
Illustration de couverture : Dorothée Jost

Site : www.fleuruseditions.com
ISBN : 978-2-2151-2560-0
MDS : 652121

« Loi n° 49-956 du 16 juillet 1949 sur les publications destinées à la jeunesse. »

À mes enfants.

Sophie de Mullenheim

mon roman chéri

Magie à l'ancienne

Fleurus

1

Punies

Mélusine se concentre et claque des doigts en fermant les yeux. Elle les rouvre, pleine d'espoir, et regarde la table devant elle. Rien ! Pas la moindre trace de la gelée au mimosa qu'elle espérait faire apparaître. La jeune fée se redresse, ferme de nouveau les yeux pour faire le vide autour d'elle, souffle doucement en pensant à sa friandise préférée et claque des doigts fermement. Toujours rien ! Mélusine soupire en regardant ses mains tristement. C'est évident : ses pouvoirs magiques sont bel et bien bloqués.

– Essaie de prendre les choses du bon côté, Mèl, tente de la réconforter Amandine qui l'observe du coin de l'œil. Te voilà avec un peu de temps libre pour être avec tes amis. En plus ce sont les vacances, profites-en !

– Un mois, soupire Mèl. C'est beaucoup trop long. Je ne pourrai jamais tenir.

Amandine, qui s'est installée dans le salon pour peindre à son chevalet, s'arrête un instant, le pinceau en l'air, et contemple sa jeune protégée en souriant.

– Nous l'avons bien mérité, tu ne crois pas ? lui dit-elle doucement.

Les deux fées viennent en effet d'être mises à pied par mademoiselle Brune, la directrice du Samu, le Service d'aide magique d'urgence : durant un mois, elles n'ont pas le droit d'user de leur magie.

Le Samu est une antenne de la petite communauté des fées qui envoie secrètement des agents sur Terre pour venir en aide aux hommes. Depuis des années, en effet, les fées remplissent leurs missions, sans que personne se doute jamais de qui elles sont vraiment. Il faut dire que, physiquement, elles ressemblent beaucoup aux hommes et, à moins d'être très observateur ou très curieux, il est extrêmement difficile de découvrir leur mode opératoire. Un simple claquement de doigts suffit à déclencher leur magie. Les hommes qui ont remarqué quelque chose d'anormal et démasqué une fée du Samu sont fort rares. Heureusement car, lorsqu'une fée est découverte, elle doit immédiatement prendre la condition humaine, et ce de façon définitive, pour que les soupçons qui pèsent sur elle n'aient plus aucun fondement. Voilà pourquoi les agents du Samu craignent les hommes trop curieux autant que la Fouine. Mais cela est une autre histoire.

Mélusine trouve la punition de mademoiselle Brune trop dure et injustifiée car sa dernière mission était une réussite. Amandine, en revanche, s'étonne de la clémence de la directrice du Samu. D'autres fées auraient été aussitôt renvoyées de la prestigieuse institution et remplacées. Si mademoiselle Brune s'est montrée si peu sévère, ce ne peut être que parce qu'elle a décelé chez la jeune fille un formidable potentiel. Sur ce point, Amandine partage son avis : Mélusine est une excellente recrue pour le Samu. Certes, elle a du mal à entrer dans le cadre mais, en quelques semaines seulement, elle a réussi à remplir quatre missions quand d'autres n'ont toujours pas terminé la première. Mèl a une grande facilité à se mettre à la place des autres, à les comprendre et à les aimer. Elle a aussi la bougeotte et la simple idée de rester sans rien faire lui est insupportable. Elle a besoin d'agir tout le temps, dût-elle désobéir ! C'est ainsi que, lors de sa précédente mission, elle a pris l'initiative d'aider une deuxième personne en plus de celle qui lui a été confiée officiellement. Elle espérait que personne ne s'en apercevrait mais cela n'a pas été le cas. Pire encore, Amandine a dû lui prêter main forte pour se sortir de cette situation devenue compliquée, ce qui est formellement interdit par le règlement. C'est pour cette raison qu'Amandine est sanctionnée elle aussi. En tant qu'instructrice de la toute jeune agent, elle est chargée de veiller sur elle et de l'empêcher de n'en faire qu'à sa tête.

– Un mois de punition, c'est un moindre mal, je t'assure, reprend Amandine.

Mélusine se lève d'un coup.

– Pas pour moi ! s'exclame-t-elle, impatiente. Il faut absolument que je trouve un moyen de m'occuper.

– En attendant, rappelle-toi que tes amies t'attendent chez Louise, l'interrompt Amandine. Vous aviez rendez-vous, je crois.

Mélusine lance un regard à la grosse horloge simplement posée sur la table du salon. Depuis qu'Amandine et elle sont arrivées dans ce petit appartement, elles n'ont pas eu le temps de défaire les cartons ni même d'accrocher quoi que ce soit aux murs. Ni l'une ni l'autre ne semble s'en préoccuper, elles vivent ainsi toutes les deux au milieu d'un extraordinaire bazar qu'elles font mine d'ignorer. Le rangement n'a jamais été un point fort des fées et ces deux-là sont loin d'être des exceptions à la règle.

– Tu as raison, répond Mèl en attrapant son manteau posé à même le sol dans l'entrée. J'y vais. À ce soir !

Elle ouvre la porte et disparaît dans un coup de vent.

Amandine regarde la porte, rêveuse.

– Heureusement que le sort de mademoiselle Brune pour bloquer sa magie est efficace, pense-t-elle. Sinon, je n'ose imaginer dans quel nouveau pétrin elle irait se fourrer.

2

Cœur de Véto

– Tu en fais une drôle de tête, dit Louise en ouvrant la porte à son amie.

Mélusine se renfrogne : le plus difficile dans toute cette histoire, c'est de ne rien pouvoir dire à personne de sa situation, pas même à ses deux meilleures amies. Car sur Terre, Mèl est une collégienne de presque 13 ans, une élève comme les autres. C'est mademoiselle Brune qui lui a trouvé cette couverture.

Au début, Mélusine n'était pas ravie de devoir retourner sur les bancs de l'école. Elle avait déjà donné et elle rêvait de passer à autre chose. Pourtant, Mèl s'est très vite adaptée à cette vie de collégienne. Elle a tout de suite trouvé sa place parmi les élèves, elle s'est fait d'excellentes amies et, surtout, elle passe inaperçue.

Le règlement qui régit l'activité du Samu depuis des années est strict. Chaque agent se doit de l'apprendre par cœur à ses débuts et de le respecter à la lettre. C'est Amandine, chargée de l'instruction de Mélusine, qui le lui a enseigné avant sa toute première mission.

Règle n° 1 : Ne jamais se faire remarquer.

Règle n° 2 : Ne jamais prononcer en public les mots : "magie, magique, magicien, fée, sorcière, sortilège, etc."

Règle n° 3 : Ne pas agir sur la vie d'un être vivant.

Règle n° 4 : Ne pas parler aux animaux.

Règle n° 5 : Ne pas claquer des doigts sans raison.

De toutes ces règles, c'est très certainement la première la plus importante. Ne pas la prendre au sérieux met en péril chaque mission, l'existence du Samu, l'existence même des agents ainsi que celle de toute la communauté des fées. En effet, chaque fée qui se fait repérer et prend la condition humaine fragilise un peu plus la communauté qui lutte pour survivre en dépit des attaques permanentes de la Fouine, une ancienne fée qui n'a qu'une seule idée en tête : prendre le pouvoir.

– C'est vrai que tu es toute pâle, renchérit Chloé qui arrive dans le dos de Louise.

Mélusine sourit. Elle reconnaît bien là l'extrême gentillesse de Chloé qui s'inquiète sans cesse pour les autres.

– Tu exagères, lui lance-t-elle en retrouvant un peu de sa gaieté. Je suis tout le temps pâle !

Mélusine ne ment pas : sa peau est si blanche que, par endroits, elle semble transparente. Cela ne manque d'ailleurs jamais de surprendre ceux qui la rencontrent pour la première fois. Son extrême pâleur tranche si franchement avec le feu de ses cheveux roux et le vert intense de ses grands yeux qu'il est impossible de ne pas s'en étonner.

– Il n'empêche que tu faisais une drôle de tête, répète Louise en refermant la porte derrière Mélusine.

Mélusine balaie l'air de la main.

– Ce n'est rien. Amandine et moi sommes en bisbille, c'est tout, dit-elle pour évacuer le sujet.

Louise ouvre de grands yeux gourmands.

– En bisbille ? répète-t-elle avec intérêt.

Mélusine rit franchement cette fois-ci. Amandine avait raison : ses deux amies vont l'aider à passer le temps. Elles ont le don de la mettre de bonne humeur.

– Tu ne te lasseras donc jamais ? lui répond-elle d'un air taquin.

– Non, sourit la grande fille brune. Grâce à toi, ma collection de mots grossit chaque jour un peu plus. Bisbille, disais-tu ?

– Cela veut dire que nous nous sommes un peu fâchées. Amandine et moi n'étions pas tout à fait d'accord.

Louise hoche la tête en mémorisant ce mot venu d'un autre temps. Dès qu'elle aura une minute, elle le notera dans le petit répertoire qu'elle tient à jour avec le plus grand sérieux. Plus tard, Louise voudrait devenir journaliste. Or elle s'est persuadée qu'un journaliste se doit d'utiliser des mots compliqués pour être pris au sérieux et épater ses lecteurs. « Ça fait pro ! » répète-t-elle souvent. C'est pourquoi la collégienne récolte avec minutie tous les mots un peu compliqués qu'elle lit ou qu'elle entend. Avec Mélusine, son carnet se remplit en un temps record, car son amie utilise très souvent des expressions improbables.

À 112 ans, son âge véritable, Mélusine a dû faire de vrais efforts d'adaptation pour se couler dans la peau d'une collégienne. Certes, physiquement, elle est loin de faire son grand âge et elle semble aussi jeune que ses amies. En revanche, ses manières et surtout son vocabulaire semblent tout droit sortis d'une autre époque et, malgré tous ses efforts pour masquer ces petits défauts, il arrive à Mélusine de faire quelques gaffes, pour la plus grande joie de Louise.

Lors de son apprentissage, et avant sa première mission au Samu, Amandine a tenté de modifier la façon de parler de son apprentie. Elle l'a longtemps interrogée, reprenant ses réponses et corrigeant ses expressions, mais elle n'a pas obtenu le résultat escompté. Les "saperlipopette !" et autres "calembredaines" de Mélusine ressurgissent régulièrement au fil de la conversation. La jeune fée ayant déjà tant de choses à apprendre, Amandine n'a pas insisté. Elle s'est contentée de trouver une explication plausible à cette étrange manière de s'exprimer. Elle inventa que Mèl avait vécu à Annecy, tout près de la frontière suisse, avant de la rejoindre. Cette proximité avec les Suisses qui n'utilisent pas toujours les mêmes expressions avait déteint sur elle. Personne dans l'entourage de la jeune fée n'ayant eu l'occasion d'étudier de près les subtilités de la langue suisse, l'explication sembla suffire.

– J'ai une bonne nouvelle, lance Chloé pour passer à autre chose.

Ses deux amies se tournent vers elle dans un même mouvement.

– Quelle bonne nouvelle ? interroge aussitôt Louise qui retrouve instantanément ses réflexes de future journaliste.

– Théo est venu me voir… commence Chloé.

– Théo Carmagnac ?

– Oui. Il est venu me voir car il a besoin de nous. Il veut savoir si Cœur de Véto peut l'aider.

– Cœur de Véto ? demande Mélusine.

Chloé la regarde, un peu déçue.

– Cœur de Véto. Tu as déjà oublié, lui dit-elle.

Mélusine s'apprête à hausser les épaules d'un air désolé quand elle se souvient soudain : il y a quelque temps, avec Louise et Chloé, elles ont trouvé et soigné un moineau. L'aventure leur ayant bien plu, elles ont décidé de monter un club pour venir en aide aux animaux en difficulté. L'intention était louable, mais la clientèle n'a pas été au rendez-vous : personne n'a jamais fait appel aux trois amies.

– Qu'est-ce que Cœur de Véto peut faire pour lui ? demande Mélusine en espérant trouver là un moyen de passer le temps.

– Un ami vétérinaire de son père a soigné un cheval de course il y a un mois.

Mèl écarquille les yeux.

– Tu veux que nous soignions un cheval ?

Chloé sourit.

– Non, bien sûr que non, dit-elle. Nous avons déjà eu bien assez de mal avec un moineau !

Louise et Mèl la regardent fixement.

– Aujourd'hui, ce cheval est menacé d'être envoyé à l'abattoir.

– À l'abattoir ! s'exclame Louise. Mais c'est horrible !

Chloé baisse la tête.

– Je suis bien d'accord avec toi, c'est affreux. C'est bien pour cela que j'ai promis à Théo Carmagnac de l'aider.

– Comment comptes-tu t'y prendre ? demande Mèl de plus en plus intéressée.

– Le cheval s'appelle Jubilé. J'ai dit à Théo que nous allions le racheter à son propriétaire !

3

C'est de la folie !

– J'ai tout calculé, enchaîne Chloé sans même prêter attention à l'air catastrophé de ses deux amies. Il nous faut environ 650 euros pour racheter le cheval à son propriétaire. Je me suis renseignée sur Internet, c'est un prix moyen qui tient compte de l'âge du cheval et de sa taille.

– Combien as-tu dit ? demande Louise, estomaquée.

Mais Chloé ne l'écoute pas. Elle récite tout ce qu'elle prépare depuis que Théo est venu la voir.

– Nous sommes toutes les trois en appartement, dit-elle. Impossible donc d'accueillir Jubilé. Mais j'ai vu que l'on pouvait louer un pré et un box ; il y a même une ferme non loin d'ici qui serait prête à l'accueillir.

Les yeux de Chloé brillent d'excitation. Elle a tout prévu. Louise n'en croit pas ses oreilles.

– Ensuite, reste l'entretien quotidien et la nourriture. Les prix que j'ai trouvés sont très variables d'une source à l'autre, alors j'ai fait une moyenne. En plus, tout dépend de la taille du cheval.

– Il est grand ? ne peut s'empêcher de demander Louise.

– Je ne pense pas, répond Chloé. Il paraît que c'est un trotteur. Ce ne sont pas de très grands chevaux en général. C'est un cheval de course, il est donc assez léger aussi. Son propriétaire n'en veut plus car il trouve que ses résultats en course ne sont pas assez bons.

– Saperlipopette ! lance Mélusine. C'est infect !

Chloé sourit : elle sent que ses amies sont captivées et elle est ravie.

– Enfin bon, je vous résume ce que j'ai calculé, continue-t-elle. En moyenne, il faut emmener un cheval chez le maréchal-ferrant toutes les six semaines, mais également chez le vétérinaire pour les vaccins et parfois chez le dentiste. J'ai aussi compté les produits d'entretien, les médicaments, les compléments alimentaires et l'assurance.

Mèl regarde Chloé avec un certain amusement : son amie d'ordinaire calme et effacée a les joues rouges d'excitation.

– En tout, il faudrait environ 250 euros par mois, avance-t-elle pour terminer. À condition que nous ayons le matériel : selle, longe, couverture et tout et tout. Mais cela, je pense que nous pouvons l'acheter d'occasion, non ?

Mélusine et Louise ne répondent pas.

– D'occasion ce n'est pas si mal, non ? insiste Chloé en se tournant vers ses amies.

C'est Louise qui reprend la parole la première.

– Chloé ! s'écrie-t-elle. Cela ferait 3 000 euros par an ! Tu n'y penses pas.

Mèl hoche la tête. Il ne fallait pas compter sur elle pour faire le calcul car elle a toujours été nulle en mathématiques, mais elle fait confiance à son amie : c'est énorme !

– Nous allons y arriver, continue Chloé avec une drôle d'assurance. Nous ne pouvons pas rester sans rien faire.

Sur ce point, Louise est tout à fait d'accord avec elle. Elles ne peuvent laisser un cheval aller à l'abattoir. Mais là, ça paraît impossible !

– Nous devons effectivement trouver une solution, dit-elle. Mélusine, tu n'aurais pas une idée ?

Mélusine soupire. Des idées, elle n'en manque jamais lorsqu'elle est capable de magie. Certains pensent même qu'elle en a trop. Mais, là, tout à coup, elle se sent démunie et incapable de faire quoi que ce soit. Et dire qu'il suffirait d'un petit claquement de doigts pour faire apparaître une liasse de billets et résoudre leur problème. À moins que le règlement du Samu n'autorise pas ce genre de chose... C'est même certain. D'ailleurs, Mèl se rappelle une histoire où une fée a fait apparaître de l'argent pour tenter de résoudre une affaire. Le remède a été pire que le mal : les billets se sont révélés être des faux !

– Maudit règlement, marmonne Mélusine entre ses dents.

– Tu disais ? lui demande Chloé.

– Trouvons vite une idée.

4

Grand nettoyage de printemps

Lorsque Mélusine rentre chez elle, quelques heures plus tard, elle est perdue dans ses pensées. Avec Louise et Chloé, elles ont tout imaginé pour sauver le cheval et Mèl se demande si ce qu'elles ont décidé va fonctionner.

Après réflexion, Chloé a admis que son projet de racheter le cheval à son propriétaire était tout à fait irréaliste. En cherchant bien, à elles trois, elles ne parviennent même pas à réunir une centaine d'euros. Il est vain de croire qu'elles pourront trouver 650 euros pour racheter le cheval et 3 000 de plus pour son entretien. En outre, elles doivent faire vite. Théo Carmagnac a prévenu Chloé que le départ de Jubilé pour l'abattoir est prévu pour la semaine prochaine.

C'est Louise finalement qui a eu la meilleure idée : un article dans le journal ! La collégienne est persuadée que si elles parlent du sort réservé à Jubilé dans la presse, les lecteurs se mobiliseront pour le sauver.

– Je me charge de l'article, a-t-elle naturellement proposé.

Ni Chloé, ni Mélusine n'ont osé la priver de ce premier rendez-vous avec la gloire. Son premier article ! Depuis le temps qu'elle en rêve !

Il a été convenu que Louise écrive l'article dans la soirée pour que les trois amies puissent passer à l'étape suivante dès le lendemain matin. Chloé est chargée de trouver les noms et les adresses des journaux à contacter. Quant à Mélusine, elle espère trouver une autre idée lumineuse qui leur permettra de mettre davantage de chances de leur côté.

Mélusine pénètre dans le salon, l'air préoccupé, et trébuche sur un carton rempli de livres posé contre la porte.

– Cornegidouille ! crie-t-elle en se massant le bout du pied.

Amandine surgit alors de derrière une pile d'autres cartons, un plumeau à la main. Elle a noué un foulard autour de sa tête pour maintenir en place ses longs cheveux châtains qui sont comme des milliers de ressorts indisciplinés.

– Ah ! Te voilà ! lance-t-elle à Mélusine. J'ai trouvé comment nous occuper pendant un mois !

Mèl la regarde avec un air soupçonneux : elle se méfie toujours un peu de l'enthousiasme débordant d'Amandine.

– Nous allons ranger ! annonce triomphalement la grande fée.

Mèl soupire. C'est bien ce qu'elle pensait. Voilà bien une idée désolante.

On a coutume de dire des fées qu'elles sont jolies, gaies, charmantes, respectueuses de la nature, pétillantes, accueillantes, drôles... En bref, elles ont d'innombrables qualités et les agents du Samu encore plus que les autres car ces dernières sont également très attentives aux autres. Cependant, les fées ont aussi leurs petits défauts. Elles peuvent se montrer susceptibles, bouder facilement et elles ont tendance à arriver souvent en retard (sauf Amandine qui est une vraie maniaque de la ponctualité). Mais, surtout, elles sont les êtres les plus désordonnés qui soient ! Elles détestent ranger. Pas étonnant que certaines se trompent dans leurs formules magiques car, si les choses sont aussi fouillis dans leur tête que chez elles, il ne doit pas être très facile d'y voir clair.

Dans la petite communauté des fées, Amandine et Mélusine ne font pas exception à la règle. Elles ne sont pas plus désordonnées que leurs consoeurs, mais elles sont loin d'être des adeptes du rangement et du ménage. Lorsque les deux fées ont emménagé en ville en se faisant passer pour une tante et sa nièce, elles se sont contentées de poser leurs cartons dans le salon et de défaire les deux ou trois dont elles avaient immédiatement besoin. Depuis, l'appartement est resté dans le même état avec quelques cartons béants en plus, recouverts d'une couche de poussière. Un vrai capharnaüm !

– J'ai tout prévu, déclare Amandine en tendant un tablier à sa jeune protégée. Nous devons être mé-tho-di-ques !

Ce mot dans la bouche d'Amandine fait sourire Mélusine. La grande fée a tendance à agir d'instinct plutôt qu'après une mûre réflexion. C'est d'ailleurs ce caractère spontané et entier qui a tout de suite plu à Mélusine lorsque mademoiselle Brune, la directrice du Samu, lui a présenté Amandine pour la première fois. Les deux fées ont de nombreux points communs et elles s'entendent à merveille.

Amandine montre à Mélusine son chevalet de peinture. Au lieu d'une toile, elle y a punaisé une grande feuille blanche sur laquelle on peut lire le programme :

Déballer

Épousseter

JETER

Ranger

– Pourquoi as-tu écrit « JETER » en si gros ?

– Parce qu'il ne faut pas hésiter à jeter ce que nous trouvons.

– À jeter ? Mais pourquoi ?

Amandine balaie la pièce du bras avec un soupir. Elle est si encombrée de cartons qu'il est évident que tout n'entrera pas dans les placards.

– Regarde ! Il y a là plusieurs centaines d'années de souvenirs.

– Nous ne sommes pas si vieilles, s'offusque Mélusine.

Amandine sourit.

– Toi non mais, moi, je commence à sentir le poids des ans. Je te rappelle que le 2 du mois du muguet j'aurai 265 ans !

Les fées n'ont pas le même rapport au temps que les hommes. Il semble glisser sur elles sans leur faire le moindre effet. Quand neuf ans s'écoulent sur la Terre, c'est comme si elles ne vieillissaient que d'un an. À des âges canoniques, elles ont donc encore des allures de jeunes filles et il est impossible de deviner qu'elles ont vécu tant de choses.

Autrefois, les fées avaient un calendrier qui leur était propre et qui se moquait bien du décompte du temps sur Terre. Mais quand elles commencèrent à intervenir auprès des hommes, elles durent changer leurs habitudes et adopter le calendrier avec ses 365 jours, ses 12 mois, ses 52 semaines et ses 7 jours par semaine. C'était plus pratique. Et du jour au lendemain, celles qui avaient 10 ans en eurent 90 et les vieilles fées de 122 ans soufflèrent soudain leurs 1 098 bougies ! Le changement provoqua de nombreuses réactions et d'incroyables embrouillaminis, la plupart des fées n'étant décidément pas très douées en calcul. La mutation fut malgré tout bien acceptée et chacune accueillit finalement ces années supplémentaires avec le sourire. Tant que cela ne les faisait pas vieillir plus vite, cela importait peu.

Contre toute attente, le plus difficile fut d'utiliser les noms de mois et de jours que les humains avaient choisis. Pour les fées, ils manquaient cruellement de poésie et cela heurtait leur sens de l'esthétisme. Janvier, février, mars, avril... Les fées trouvaient ces mots ternes et sans saveur. De même que lundi, mardi et ceux qui suivaient. Ce fut la fée Ségur, que tout le monde appelait la Comtesse car elle était fort distinguée, qui trouva comment rendre le calendrier des fées plus attrayant. Il faut dire qu'elle maniait les mots mieux qu'aucune autre fée. Elle conserva donc la première lettre de chaque mois du calendrier et y associa un nom de fleur, ces fleurs si chères à la petite communauté. C'est ainsi que janvier devint le mois de la jonquille, février celui du fuchsia... Jonquille, fuchsia, mimosa, anémone, muguet, jasmin, jacinthe, aubépine, souci, œillet, narcisse et dahlia firent aussitôt l'unanimité. Quant aux jours de la semaine, la Comtesse se contenta de leur redonner le nom de la planète à laquelle ils étaient associés à l'origine. Les fées aimaient le ciel, il leur fut ainsi un peu plus proche. On ne parla pas de lundi mais de Lune, pas de mardi mais de Mars, Mercure, Jupiter, Vénus et Saturne. Et le dimanche devint Diomède, du nom d'un astéroïde.

Mélusine dévisage son instructrice avec bienveillance.

À presque 265 ans, Amandine a l'allure d'une jeune trentenaire, au sommet de sa beauté. Elle est, en effet, absolument ravissante. Grande et mince, elle a des jambes immenses qui font tourner la tête des hommes même si elle ne semble pas y prêter la moindre attention. Son incroyable chevelure et son large sourire font qu'on la remarque partout où elle va. Tout le monde se retourne sur son passage. Mélusine s'est d'ailleurs toujours demandé comment Amandine parvenait à respecter la règle numéro 1 du Samu : la discrétion. Mais peut-être est-ce justement parce qu'elle est sublime qu'elle y parvient si bien. Les hommes sont éblouis par sa nature si pétillante et ne prêtent pas attention à ses actions magiques. Le fait est qu'Amandine est l'un des meilleurs agents de la prestigieuse institution et que mademoiselle Brune ne doute pas un seul instant de sa capacité à remplir ses missions sans accroc. On ne peut pas dire la même chose de Mélusine qui, en seulement trois missions, a réussi à enfreindre plus de règles que n'importe quelle fée et à donner des sueurs froides à la directrice du Samu plus d'une fois.

– Allons ! Au travail ! lance soudain Amandine. Je n'ai défait que deux cartons depuis tout à l'heure.

Mélusine regarde la pile de cartons qui lui fait face et soupire, découragée.

– Nous n'y arriverons jamais…

– Tttt ! Tttt ! s'agace Amandine. Tiens, ajoute-t-elle en lui tendant un carton. Celui-ci n'est pas très gros.

Amandine le tourne et le retourne dans tous les sens.

– En revanche, il n'y a aucune indication dessus.

Son visage s'éclaire.

– Ce sera la surprise ! Tu aimes les surprises, non ? Tu verras, je suis sûre que le rangement va te plaire.

Mélusine attrape le carton à contrecœur, le pose par terre et passe le tablier censé la protéger de la poussière.

– Voyons voir, déclare-t-elle sans enthousiasme.

Elle ouvre le carton et fouille à l'intérieur.

– Ce n'est pas à moi. Je ne reconnais rien.

Amandine s'approche et regarde dans le carton à son tour.

– C'est à moi, dit-elle mélancolique en sortant un drôle de chapeau pointu. Ma toute première tenue de gala.

Amandine fouille encore dans le carton, sous l'œil amusé de Mélusine. Elle exhibe alors un long morceau de bois.

– Ma première baguette ! s'exclame-t-elle, très excitée. Je la croyais perdue.

Puis, tout à coup, l'enthousiasme de la grande fée retombe. Elle secoue la tête pour chasser ses souvenirs, attrape le carton et le pose dans l'entrée.

– Poubelle ! dit-elle avec effort. Tout cela ne me servira plus jamais.

Mélusine sourit dans son coin : elle vient d'avoir une idée.

5

Expérimentation

Il fait nuit noire quand Mélusine se décide enfin à sortir de sa chambre. Elle a attendu ce moment si longtemps qu'elle a eu du mal à aider efficacement Amandine à faire un peu de rangement. Certes, elle a vidé quelques cartons mais elle avait la tête ailleurs.

Mèl se glisse dans l'entrée et s'approche du gros tas de cartons et de bricoles en tout genre qu'elles attendent de descendre à la benne pour s'en débarrasser. Mélusine repère aussitôt le petit carton qu'elle a pris soin d'isoler discrètement au fur et à mesure du tri. Elle l'attrape, l'ouvre et saisit la baguette destinée à la déchetterie. Avec un peu de chance...

Mélusine retourne sans un bruit dans sa chambre, sa précieuse trouvaille sous le bras. Elle s'assoit sur son lit et examine la baguette magique. Longue comme l'avant-bras, elle n'a absolument rien d'extraordinaire et n'importe qui n'y verrait qu'un vulgaire morceau de bois. Seule une fée peut savoir qu'il s'agit en réalité d'un bois extrêmement rare et précieux : le bois de rose des glaces qui ne se récolte qu'une seule fois par an, au moment du solstice d'hiver. Les fées sont également les seules capables de repérer la minuscule étoile gravée dans le bois au tiers de la baguette. Au pire, si un humain la repère, il la confond avec un nœud du bois et n'y prête guère plus attention.

– Fabuleux ! murmure Mélusine en caressant la petite toile du bout des doigts.

Cela fait des années que la jeune fée n'a plus touché une baguette magique et elle se sent soudain à la fois très excitée et très intimidée.

Les fées d'aujourd'hui n'ont plus rien à voir avec leurs ancêtres qui peuplent les livres d'images des enfants. Adieu les chapeaux pointus, les robes à frous-frous et les ailes encombrantes ! Les fées sont désormais à la pointe de la mode et elles s'en félicitent. Rares sont celles qui regrettent les tenues d'antan qui entravaient leurs mouvements.

C'est à la fée Colchique, plus connue sous le nom de Coco, que les fées doivent ce changement vestimentaire. Coco, en avance sur son temps, rêvait de liberté et de simplicité. Elle fut donc la première fée à oser porter un pantalon et à remiser ses ailes au placard. Pour voler, elle avait découvert que ses bras faisaient très bien l'affaire. Quelques battements lui permettaient de s'envoler et, ensuite, de se diriger. Quant à la baguette, Coco la revisita bien vite elle aussi. Elle ôta d'abord l'étoile fixée à son extrémité pour la rendre plus aisément transportable et plus discrète. Ensuite, elle en réduisit la taille, un peu pour commencer puis de plus en plus. Bientôt la baguette magique devint si petite que Coco imagina l'impossible : sa disparition totale ! Ce fut une petite révolution dans la communauté des fées et seules les plus jeunes, au départ, tentèrent l'aventure et découvrirent qu'elles n'avaient plus besoin de leur baguette comme intermédiaire. Au lieu de se concentrer dans leur baguette, leur magie était à portée de doigts et un simple claquement suffisait à la provoquer. Les plus âgées, ensuite, durent se rendre à l'évidence : au moins, grâce à cette nouvelle mode, ne risquaient-elles pas d'oublier leur baguette quelque part. Neuf ans suffirent (un an seulement chez les hommes) à détrôner la baguette magique. Les fées ont jeté celles qu'elles avaient encore, sauf quelques nostalgiques, comme Amandine, qui les ont gardées en souvenir.

Mélusine se met debout, pose le pouce de sa main droite sur la petite étoile, ferme les yeux en pensant à la délicieuse gelée de mimosa dont elle rêve, puis pointe d'un geste rapide et précis sa baguette vers sa table de nuit. Mélusine rouvre les yeux : sa table de chevet est vide. La jeune fée essaie une nouvelle fois sans plus de succès. Mèl est très déçue. Elle espérait que la baguette continuerait de fonctionner, ne serait-ce qu'un tout petit peu. Elle a entendu dire en effet que certaines baguettes ont tant servi qu'elles sont imprégnées d'ondes magiques et qu'il suffit de savoir les réactiver pour pouvoir les utiliser. Dans l'absolu, même un humain en serait capable pourvu qu'il sache bien la tenir. A fortiori, une fée privée de sa magie pourrait donc utiliser une vieille baguette. Mais il semblerait que celle d'Amandine soit totalement vidée de ses ondes.

L'excitation de Mélusine est vite retombée. Elle jette la baguette dans la corbeille à papier et retourne se coucher. Mais à peine a-t-elle posé la tête sur l'oreiller qu'elle se redresse.

– Saperlipopette ! s'exclame-t-elle en bondissant de son lit.

Mèl vient de se souvenir qu'Amandine est gauchère. Sans attendre, elle repêche la baguette magique dans la corbeille, la place dans sa main gauche, le pouce gauche sur la petite étoile, et se concentre de nouveau. Cette fois-ci, elle sent la baguette magique qui lui chauffe légèrement la paume. Mélusine souffle un grand coup et pointe la baguette vers sa table de nuit d'un geste sec. Avant même d'ouvrir les yeux, Mélusine sait que le tour a fonctionné : elle sent l'odeur inimitable de la gelée de mimosa lui chatouiller les narines. Une sorte de flan transparent avec des petites boules jaunes à l'intérieur trône sur sa table de chevet. Mélusine croque dedans avec délectation, referme de nouveau ses doigts sur la baguette et pense aux cartons du salon tout en dirigeant sa baguette dans leur direction. Afin de vérifier que son tour a fonctionné, Mélusine sort de sa chambre sur la pointe des pieds. Incroyable ! Les cartons du salon ont tous disparu et les objets sont partis se ranger d'eux-mêmes dans les meubles de l'appartement.

– Qu'il est bon de pouvoir refaire un peu de magie rien que pour moi, se dit Mélusine en souriant béatement.

Mélusine a toujours rêvé d'entrer au Samu, le Service d'aide magique d'urgence. La vie d'agent est passionnante et les fées sont nombreuses à vouloir entrer au Samu quand peu d'entre elles sont finalement sélectionnées. Mais chaque médaille a son revers et entrer au Samu signifie ne plus user de la magie à sa guise. Les agents n'ont droit qu'à trois tours de magie par mission et à aucun en dehors de celles-ci. Cette règle permet de garantir la discrétion des agents auprès des humains, et donc leur sécurité. C'est contraignant, mais vital pour ne pas être découvert.

Mélusine regarde le salon avec satisfaction. Tout cet ordre tout à coup, c'est à la fois apaisant et très étonnant après des mois de chaos. Trop étonnant même. Que va penser Amandine quand elle découvrira que tout est bien rangé maintenant ? Elle ne croira certainement pas à un excès de zèle de la part de sa protégée. Non, elle risque de très vite découvrir le pot aux roses.

– Trop risqué ! pense Mélusine en agitant sa baguette une nouvelle fois.

Les cartons et tout le bazar réapparaissent instantanément.

– Au moins, j'ai vu à quoi ressemblerait le salon si nous le rangions, se dit Mélusine en retournant se coucher.

Mélusine glisse la baguette sous son oreiller. Elle a de nouveau le moral. Demain, elle va sauver Jubilé !

6

Une nouvelle coiffure !

Ce à quoi l'on ne pense pas assez avec les baguettes magiques, c'est qu'elles ne sont pas faciles à cacher. Elles ne tiennent pas dans la poche, sont trop longues pour disparaître dans une manche, risquent de se casser si on les glisse sous sa chemise et, dans les bottes, elles sentent des pieds ! Reste que de se promener avec à la main n'a rien de très naturel. Finalement, Mélusine improvise un gros chignon avec la baguette en la piquant dans ses cheveux. Avec un peu de chance, personne n'y verra rien.

– Tu es tombée du lit ce matin ? lui demande Amandine en la voyant apparaître de bonne heure dans la cuisine.

– Non pourquoi ? demande Mèl.

– Il est 8 h 30. Pour un jour de vacances, c'est un record.

8 h 30 ! Mélusine n'en revient pas. Elle est plutôt habituée à jouer les marmottes le matin, et surtout pendant les vacances. Pourtant, elle n'a eu aucun mal à se réveiller cette fois-ci et elle n'a plus sommeil du tout. À croire que l'excitation était trop forte.

Mélusine s'installe à table pour prendre son petit déjeuner quand ses yeux croisent ceux d'Amandine qui la détaillent avec un certain amusement.

– Tu as changé de coiffure ? lui demande-t-elle.

Mélusine se mord la lèvre. S'il y a bien une personne pour faire attention à ses cheveux, c'est Amandine. La grande fée est coiffeuse à domicile. C'est sa couverture au sein du Samu pour lui permettre de venir en aide notamment à de très nombreuses vieilles dames.

– Mmm ! répond Mèl, évasive. Je fais un essai.

– C'est très réussi, la félicite Amandine. Laisse-moi voir.

Elle se lève mais Mélusine est plus rapide : elle improvise un petit numéro de comédie en bondissant de sa chaise comme un ressort.

– 8 h 30, dis-tu ? Oh ! là, là ! J'ai promis à Louise d'arriver tôt chez elle.

– Mais... proteste Amandine. Tu n'as pas...

Mélusine sort de la cuisine et se précipite dans l'entrée.

– Je prendrai mon petit déjeuner chez elle, lance-t-elle en ouvrant la porte. Je dois y aller !

Elle claque la porte derrière elle. Ouf ! Elle porte machinalement la main à ses cheveux pour vérifier que la baguette est toujours là.

Quelques minutes plus tard, Mèl sonne à la porte de chez Louise. Un homme vient ouvrir qui la dévisage avec un certain étonnement.

– Oui ? demande-t-il.

– Pardonnez-moi de vous déranger dès potron-minet, s'excuse Mélusine. Mais Louise m'a dit de passer tôt.

– Dès potron-minet, répète l'homme en souriant. Tu dois être Mélusine alors. Louise m'a beaucoup parlé de toi.

Il s'efface et laisse entrer la collégienne.

– Je suis ravi de faire enfin ta connaissance.

Le père de Louise la dévisage avec un étonnement non feint : il n'a jamais vu une jeune fille aussi étrange. Si Louise lui a effectivement parlé des drôles d'expressions de son amie, elle a oublié de lui dire combien son physique est peu commun : sa toute petite taille, son extrême minceur, son teint si pâle et ses cheveux flamboyants. Elle lui fait penser à l'une de ces vieilles poupées de porcelaine que sa grand-mère collectionnait quand il était petit.

– Louise est déjà debout, dit-il. J'ignore ce qu'elle fabrique, mais cela l'a tenue éveillée très tard, ajoute-t-il en souriant.

Louise, qui arrive au même moment dans l'entrée de l'appartement, ne semble pas avoir beaucoup dormi. De larges cernes noirs bordent ses yeux, mais elle arbore un sourire victorieux.

– J'ai réussi ! lance-t-elle à l'adresse de Mélusine. Viens vite voir !

Mèl remercie le père de Louise et suit son amie dans sa chambre. Une feuille trône au milieu du bureau, entre un dictionnaire et le petit répertoire de mots de l'apprentie journaliste. Au pied de la chaise, la corbeille à papier déborde de brouillons froissés ou déchirés.

– Je ne pensais pas que ce serait si compliqué d'écrire un article, avoue Louise. J'ai dû recommencer des dizaines de fois. Mais maintenant, ça y est, je crois que je le tiens.

Elle tend à Mélusine la feuille sur son bureau et reste juste à côté d'elle. Mélusine la sent très tendue.

– « Sauvez Jubilé ! » lit Mélusine à haute voix.

– J'ai pensé à *Sauvez Willy*. Tu sais ? Le film, précise aussitôt Louise. Ce n'est pas mal, non ?

Mélusine se garde bien de dire quoi que ce soit. Elle n'a jamais vu le film dont Louise lui parle, mais elle sent qu'il serait malvenu de faire une réflexion dès le début. Elle reprend sa lecture :

– « Sauvez Jubilé ! Dans une semaine, le cheval Jubilé sera transformé en steak haché si vous ne faites rien ! »

Louise grimace.

– Qu'est-ce que tu en dis ? s'inquiète-t-elle. J'ai pensé qu'il fallait commencer fort…

« En effet », pense Mélusine. Elle poursuit sa lecture dans sa tête à présent, pour éviter que son amie n'intervienne à chaque mot.

« Sauvez Jubilé ! Dans une semaine, le cheval Jubilé sera transformé en steak haché si vous ne faites rien ! Le propriétaire de ce trotteur français a décidé de s'en débarrasser et de l'envoyer à l'abattoir. Pourtant, Jubilé n'est ni malade, ni boiteux. Il ne court simplement pas assez vite au goût de son propriétaire.

Heureusement, Louise, Mélusine et Chloé, trois collégiennes, ont décidé de sauver Jubilé et de le racheter avant qu'il soit trop tard. Pour cela, elles ont besoin de 650 euros pour le cheval puis de 3 000 euros pour son entretien pendant une année. Et elles comptent sur vous.

Si l'histoire de Jubilé vous émeut, envoyez vos dons au journal qui fera suivre. Nous n'avons pas le temps de lantiponner ! Il faut faire vite. »

Mélusine relève la tête.

– Tu as vu, dit immédiatement Louise. J'ai réussi à caser le mot « lantiponner ». J'en suis très fière.

– Tu crois que les lecteurs savent que cela veut dire « perdre son temps » ?

– Certainement pas, admet Louise. Mais ça fait pro !

Louise vient de sortir son argument massue et il n'y a rien à y redire.

– Et maintenant ? demande Mèl qui brûle de se servir un peu de sa magie pour accélérer les choses.

– Chloé devait se renseigner sur les journaux à contacter. J'espère qu'elle a trouvé.

À l'instant même, la sonnette de la porte d'entrée retentit.

– Chloé ! l'accueille le père de Louise qui a l'habitude de voir la collégienne chez lui. Décidément, vous êtes toutes tombées du lit ce matin.

– Mélusine est déjà là ? s'étonne Chloé.

Mèl sourit malgré elle : Chloé commence à bien la connaître. Depuis son arrivée au collège, Mélusine n'en est pas à sa première panne d'oreiller. Et il lui faut attendre d'être en vacances pour se réveiller enfin aux aurores !

– Chloé ! appelle Louise qui a hâte de montrer son article à son amie.

Quelques secondes plus tard, sa meilleure amie pousse la porte de sa chambre et doit à son tour lire son article.

– Alors ? lui demande Louise. Qu'est-ce que tu en penses ?

– Bien, c'est bien, répond Chloé avec diplomatie. Mais « lantiponner », tu ne penses pas...

Louise secoue la tête avec agacement.

– Ça fait pro ! lâche-t-elle.

C'est non négociable. Que ses amies se le tiennent pour dit.

– Et toi ? demande-t-elle à Chloé pour passer à autre chose.

Chloé sort un papier de sa poche.

– J'ai repéré cinq journaux qui pourraient être intéressés, explique-t-elle. Trois locaux et deux magazines sur les chevaux. Il ne nous reste plus qu'à les appeler.

Louise est déçue.

– Tu ne l'as pas déjà fait ?

– Non, je…

– C'est dommage, déplore Louise qui aime quand les choses vont vite.

– Louise, intervient Mélusine. Chloé ne pouvait pas appeler. Nous nous sommes quittées hier en fin de journée et il n'est que 8 h 45.

Chloé lui lance un regard reconnaissant.

– Tiens ! Tu as changé de coiffure ? remarque-t-elle.

Mèl sursaute. Elle qui espérait transporter sa baguette de façon discrète, c'est raté. Mais c'était oublier que, sous ses airs effacés, Chloé cache un cœur énorme qui s'intéresse à chacun avec beaucoup d'attention. Il est d'ailleurs étonnant de voir une fille si douce et si discrète liée d'amitié avec l'exubérante Louise qui aime tant se mettre en avant. Pourtant, ces deux-là ne se quittent pas, chacune trouvant sans doute en l'autre un peu ce qui lui fait défaut.

– Bon, qu'est-ce que nous attendons ? lance Louise en tapant dans ses mains. Nous devons appeler les journaux !

– C'est vrai, renchérit Mèl. Arrêtons de lantiponner !

7

Déception

– C'est non ! annonce Chloé en raccrochant pour la deuxième fois. Le sujet ne les intéresse pas.

– Tu ne leur as même pas proposé de leur envoyer mon article ! s'offusque Louise. Comment veux-tu que ça marche ?

– Non, Louise, répond Chloé avec calme. Ils me disent que leur édition est complète et qu'ils gardent le peu de place disponible pour les informations de dernière minute et les urgences.

– Mais c'est une urgence ! s'écrie Louise.

Mélusine attrape le téléphone pour changer vite de sujet et essayer à son tour. Elle compose le numéro de l'un des deux magazines sur les chevaux.

– Bonjour, se présente-t-elle. Je m'appelle Mélusine Bouleau et, avec deux de mes amies du collège, nous aimerions sauver un cheval de l'abattoir.

Louise et Chloé, qui ne peuvent pas entendre la réponse de son interlocuteur, guettent les réactions de leur amie.

– C'est vrai ? s'exclame Mélusine dont les yeux brillent soudain d'excitation.

Elle lève le pouce, triomphante. Louise se redresse en souriant et applaudit en silence. Chloé serre les poings en signe de victoire.

– La semaine prochaine, répond Mèl à la question qui lui est posée.

Soudain, sa mine redevient grave. Elle lance quelques réponses sibyllines et raccroche, l'air dépité.

– Raté ! lâche-t-elle finalement. Ils étaient très intéressés, mais leur magazine ne sort qu'une fois par mois. En ce moment, ils travaillent sur le numéro prévu pour dans deux mois. Quand il sortira, Jubilé sera déjà passé depuis longtemps à l'abattoir.

– Ce n'est pas possible ! lance Chloé avec rage.

Les trois amies sont désespérées.

– Reste un magazine et un journal, dit Louise après quelques longues minutes. On ne sait jamais.

– Laisse tomber le magazine, intervient Mèl. Ils nous feront la même réponse que l'autre.

Louise attrape le téléphone.

– J'appelle le journal et je vais les convaincre.

Son ton est dur : elle n'a aucune envie d'abandonner aussi vite. Outre le fait que Jubilé a besoin d'elle, elle semble persuadée que sa carrière journalistique se joue aujourd'hui.

Quelques minutes plus tard, elle raccroche à son tour.

– Et voilà ! dit-elle simplement.

– Tu as réussi ? demande Chloé.

– Ils veulent lire mon article, nuance Louise.

– Vont-ils le publier ?

– Sans doute.

– Où ? Quand ? demande Chloé qui reprend espoir.

– Je ne sais pas, avoue Louise. Ils m'ont dit d'envoyer mon article. S'ils ont de la place, ils le publieront. Je leur ai donné mon numéro de téléphone.

– Ah ! soupire Chloé qui réalise que cela fait beaucoup d'incertitudes.

– Ils t'ont dit cela pour te faire plaisir, commente Mélusine.

Louise détourne le regard, vexée.

– Pardon, s'excuse Mèl. Cela n'a rien à voir avec ton article. Je crois juste qu'ils se moquent pas mal de notre histoire. Il faudrait trouver autre chose.

– Tu as une idée, toi ? lui demande Louise, agacée.

– Pas encore, admet Mélusine.

Soudain, Chloé se lève.

– Attendez ! lance-t-elle en quittant la pièce en courant.

Elle revient quelques secondes plus tard, triomphale. Elle brandit devant elle une feuille au milieu de laquelle on peut voir une photo de cheval.

– Je me suis amusée à faire cette affiche, hier soir, explique-t-elle. J'ai oublié de vous la montrer.

Louise attrape l'affiche et la regarde. « Jubilé va partir à l'abattoir ! a écrit Chloé sous la photo. Aidez-nous à le sauver ! »

Chloé s'explique :

– Si le journal ne publie jamais l'article de Louise, il faut trouver autre chose pour rendre cette histoire publique. Ces affiches sont un bon moyen, qu'en pensez-vous ? En en collant partout, les gens les verront et, avec un peu de chance, ils nous aideront.

Louise et Mélusine trouvent l'idée excellente. C'est simple, rapide et efficace. En plus, c'est très facile à mettre en œuvre.

– Il faut peut-être indiquer où se trouve Jubilé pour que les gens sachent que cela se passe tout près de chez eux, note Louise.

– Non, refuse Mèl. Imagine que quelqu'un décide d'aller manifester là-bas. Quelle pagaille !

– Cela pourrait obliger le propriétaire à renoncer à son projet, remarque Chloé en souriant.

– Ou l'énerver...

Mèl secoue la tête.

– En revanche, ajoute-t-elle, il faut ajouter un numéro de téléphone où nous joindre.

Chloé plisse le nez : elle n'y avait pas pensé. Si les gens appellent chez elle, cela risque d'être compliqué. Chloé vit chez sa grand-mère Mado car ses parents travaillent à l'étranger. Mado sera ravie de jouer les standardistes, mais elle est si bavarde qu'elle risque d'en décourager plus d'un. Louise lui sourit, elle pense la même chose.

– Nous allons mettre mon numéro, dit-elle. C'est le plus simple car, en plus, nous sommes très souvent ici.

Chloé, ravie, prend un stylo sur le bureau de Louise et ajoute le numéro de son amie tout en bas de la page.

– Allons faire des photocopies maintenant ! lance Louise. On peut demander à la petite papeterie au coin de la rue. Je suis sûre que la dame acceptera de nous en faire quelques-unes gratuitement. Elle adore les animaux.

Chloé attrape l'affiche et emboîte le pas à Louise et à Mèl.

– Et si cela ne marche pas, il ne nous restera plus qu'à aider Jubilé à s'échapper, lance-t-elle sur un ton mi-amusé, mi-sérieux.

– Tu n'y penses pas, rétorque Louise. La police nous retrouverait tout de suite.

Mélusine sourit et touche la baguette plantée dans ses cheveux.

« Pas si sûr ! » pense-t-elle.

8

Un point !

Assise sur la lunette des toilettes, Mélusine attrape la baguette cachée dans ses cheveux et la pose sur ses genoux. La pièce est exiguë mais la jeune fée n'a pas trouvé d'autre endroit où aller pour être tranquille et œuvrer en toute discrétion.

Mélusine saisit la baguette magique dans sa main gauche, pose son pouce sur la minuscule étoile et pense très fort à l'endroit où se trouve Jubilé. Chloé leur a donné l'adresse du propriétaire. Mèl va tenter quelque chose en essayant de s'y rendre par la pensée. Ça y est, elle y est ! L'écurie est longue et Mélusine doit explorer plusieurs box avant de repérer celui où se tient Jubilé. Il est exactement comme sur la photo de l'affiche de Chloé. L'élégant cheval couleur baie mange du foin dans son box et ne se doute pas de ce qui l'attend.

« Pauvre bête ! pense Mélusine. Il est tellement beau. C'est cruel de l'envoyer à l'abattoir ! »

Mèl plisse les yeux plus forts, tend le bras devant elle et pointe sa baguette qui touche presque le mur. Elle la déplace lentement sur la droite, comme si elle ouvrait le loquet du box, puis ramène lentement la baguette vers elle. Incroyable ! Ça marche. Cette petite séance de télé-portation par la pensée est revigorante. Mélusine a l'impression de se sentir utile de nouveau.

La porte du box s'est ouverte. Mais si la magie est efficace, Jubilé ne se montre pas aussi coopératif. Il n'a pas l'air de vouloir profiter de cette liberté qui lui est offerte. Il mâche son foin sans se soucier de rien d'autre.

– Allez ! murmure Mélusine qui du même coup agite sa baguette magique dans l'air comme pour attirer l'attention le cheval.

Jubilé secoue la tête, agacé, puis retourne à son repas.

– Allez ! insiste Mélusine en fouettant l'air plus fort de sa baguette.

L'animal ne semble vraiment pas décidé à bouger.

– Allez ! grogne Mélusine plus fort.

– Mélusine ?

La jeune fée sursaute. Elle rouvre les yeux et met quelques secondes à reconnaître l'étroite pièce dans laquelle elle se trouve.

– Mèl ? demande Louise derrière la porte des toilettes. Tout va bien ? Je t'ai entendue crier.

Mèl ramène sa baguette contre elle et déglutit bruyamment.

– Oui, oui, tout va bien, répond-elle d'une toute petite voix. J'ai juste un peu mal au ventre.

– Ah ! Dépêche-toi. Nous t'attendons pour aller faire les photocopies.

– J'arrive !

Mélusine soupire et referme les yeux une dernière fois. Elle se retrouve là où elle était encore quelques secondes auparavant. Jubilé n'a toujours pas bougé.

– Allez ! marmonne-t-elle entre ses dents. Réagis ! Sinon je ne pourrai plus rien faire pour toi. Je ne peux pas rester cachée aux toilettes toute la journée.

Elle donne alors comme un grand coup de cravache avec sa baguette. Le coup fait sursauter l'animal qui relève la tête cette fois-ci, découvre la porte du box ouverte et s'éloigne au galop.

– Ouf ! soupire Mélusine. Ce cheval est têtu comme une mule.

9

Ça se complique !

Louise avait raison, la propriétaire de la petite papeterie a accepté de leur faire des photocopies gratuitement.

– Tenez, dit-elle aux filles en leur tendant un gros paquet de feuilles. C'est ma contribution pour sauver ce pauvre cheval, ajoute-t-elle. D'ailleurs, je garde l'une de vos affiches pour la mettre dans ma vitrine.

Joignant le geste à la parole, elle colle l'affiche de Chloé sur la porte de son magasin.

– Bonne chance ! J'espère que vous réussirez, encourage-t-elle les trois amies. Et tenez-moi au courant.

Galvanisées par ce premier contact, Louise, Chloé et Mélusine se mettent aussitôt au travail. Elles sont très organisées : elles entrent dans une boutique et racontent l'histoire de Jubilé tout en demandant la permission de coller une affiche sur la vitrine. Rares sont les commerçants qui ne se laissent pas attendrir par leur récit. Même le boucher a accepté de leur prendre une affiche.

Entre deux magasins, Louise, Chloé et Mèl collent également des affiches sur les poteaux, les arbres, ou en glissent dans les boîtes aux lettres. Quand elles ont terminé d'arpenter la rue principale, elles sont très satisfaites.

– Si avec ça les gens ne nous appellent pas... dit Chloé.

– J'espère seulement que notre répondeur ne va pas saturer, s'inquiète soudain Louise qui croit déjà entendre le téléphone sonner.

– Je suis certaine que nous allons y arriver, déclare Mèl qui ne peut s'empêcher de penser qu'à l'heure actuelle Jubilé est libre. Ce cheval est tellement beau, ajoute-t-elle en contemplant sa photo. Il faut absolument le sauver. Regardez ! On dirait qu'il a comme une étoile blanche sur le front.

Louise se penche sur la photo à son tour.

– Tiens, c'est vrai, je n'avais même pas remarqué, dit-elle.

Chloé se racle la gorge, un peu gênée.

– Je ne suis pas certaine que Jubilé ait une tache sur le front, dit-elle.

– Sur la photo pourtant, elle est bien visible, renchérit Mèl.

– C'est que... Ce n'est pas sa photo, avoue Chloé.

Mèl relève la tête.

– Pardon ? dit-elle.

– Ce n'est pas la photo de Jubilé, reprend Chloé en rougissant. Je n'en avais pas, alors j'ai pris une photo de trotteur sur Internet. Celui-ci m'a paru très beau, alors...

Mèl n'est pas certaine d'avoir bien compris.

– Tu veux dire que ce n'est pas Jubilé sur l'affiche, reformule-t-elle.

Chloé hoche la tête.

– En effet, s'excuse-t-elle. Je ne sais pas du tout à quoi il ressemble. Théo Carmagnac ne m'a rien dit. D'ailleurs, je ne suis même pas sûre qu'il en sache beaucoup plus que nous.

Mèl sent que son cœur s'accélère tout à coup.

– Jubilé n'est donc peut-être même pas de cette couleur ? murmure-t-elle.

Chloé hausse les épaules.

– Peut-être pas, confirme-t-elle.

Soudain, Mélusine devient encore plus blanche que d'habitude. Louise s'en inquiète.

– Mélusine ? Quelque chose ne va pas ? C'est encore ton mal de ventre ?

Mélusine secoue la tête.

– Non, articule-t-elle difficilement. Ce n'est pas le bon cheval…

Louise sourit, rassurée.

– Et alors ? lance-t-elle. Personne ne s'en apercevra. Quelle importance !

Mèl ferme les yeux en soupirant. C'est extrêmement important au contraire car, à l'heure qu'il est, ce n'est peut-être pas Jubilé qui se promène en liberté…

10

Un premier appel

De retour chez Louise, Mèl n'a pas le temps de s'inquiéter de Jubilé. À peine les trois amies ont-elles refermé la porte d'entrée que le téléphone se met à sonner. Louise regarde Mèl et Chloé.

– Vous ne croyez tout de même pas...

Chloé fait la moue.

– On ne sait jamais.

– Réponds vite pour en avoir le cœur net, presse Mèl.

Louise se précipite sur le téléphone et décroche le combiné avant que la sonnerie s'arrête.

– Allô ?

Tandis que l'interlocuteur se présente au téléphone, Louise ouvre de grands yeux et grimace avec exagération.

– C'est ça ! articule-t-elle sans faire de bruit.

– Oui, madame, répond-elle alors à voix haute. Bien sûr, madame... Je ne le sais pas encore...

Louise fait signe à Chloé d'aller lui chercher quelque chose pour écrire. Cette dernière court jusqu'à la chambre de Louise, attrape un morceau de papier et un stylo puis revient les donner à Louise.

– Je vais prendre vos coordonnées, madame, dit alors Louise. Nous vous rappellerons lorsque nous en saurons un peu plus. Je vous écoute, ajoute-t-elle en prenant appui sur un petit guéridon pour écrire.

Mais elle a beau appuyer sur le stylo, il ne fonctionne pas. Louise le montre à Chloé et lui fait de grands signes désespérés. Chloé retourne dans la chambre, mais n'en trouve pas d'autre.

– Pardonnez-moi, madame, s'excuse Louise alors que son interlocutrice commence à s'impatienter. Mon stylo ne marche pas, pouvez-vous me répéter votre numéro de téléphone, s'il vous plaît.

Aucune encre ne sort du stylo, mais Louise n'ose plus rien dire. Mèl détache alors la baguette plantée dans ses cheveux et la dirige le plus discrètement possible en direction du stylo qui recommence à écrire. Louise soupire, soulagée. Elle ne s'est rendu compte de rien. Rapidement, Mélusine rattache ses cheveux en chignon avec la baguette. « C'est pratique après tout », pense-t-elle.

Louise raccroche enfin et fait un rapide compte rendu à ses amies.

– C'était une dame qui a vu notre affiche, explique-t-elle. Elle connaît une association qui pourrait nous aider.

– Une association ? interroge Chloé.

– Il paraît qu'il en existe plusieurs qui se chargent de récupérer les chevaux destinés à l'abattoir et de leur trouver un nouveau propriétaire ensuite.

– C'est exactement ce qu'il nous faut, applaudit Chloé.

– Voilà une piste à explorer, en effet, commente Mélusine. Cela coûte sans doute beaucoup moins cher que ce que tu as calculé.

Chloé lui adresse un sourire radieux.

– Nous allons y arriver, j'en suis sûre !

– Cela vaut le coup de nous rensei...

Louise n'a pas le temps de finir sa phrase : le téléphone sonne de nouveau.

Elle décroche sans attendre.

– Allô ?

11

Débordées

Louise, Chloé et Mélusine ne savent plus où donner de la tête : le téléphone sonne de plus en plus souvent à mesure que la fin de la journée approche. Les trois amies ne s'attendaient pas du tout à un tel succès. Leurs interlocuteurs leur posent des dizaines de questions auxquelles elles sont bien incapables de répondre. Chacun y va également de sa suggestion.

– Quel âge a le cheval ?

– Savez-vous si le propriétaire est vendeur ?

– Il faut contacter une association de défense des animaux !

– Où peut-on vous donner de l'argent ?

– Organisons l'enlèvement du cheval !

– J'ai un champ près de chez moi. Le propriétaire le loue pour 50 euros par mois.

Il y a aussi quelques mauvais plaisantins qui appellent pour s'amuser et racontent des bêtises, ou des personnes très seules qui voient là le moyen de parler à quelqu'un. C'est Mèl qui se charge d'elles dès qu'elle constate que la conversation s'éternise un peu trop et que ses amies ne s'en sortent pas. La jeune fée écoute patiemment et sait toujours trouver un petit mot réconfortant et juste pour que la personne raccroche un peu plus heureuse qu'avant son appel.

Les trois collégiennes se relaient au téléphone et essaient de faire au mieux. Le plus souvent, elles notent les coordonnées de la personne et promettent de rappeler mais, à ce rythme-là, elles vont passer des heures à reprendre contact avec tout le monde.

– Nous aurions dû réfléchir un peu avant de coller nos affiches, constate Chloé qui vient de raccrocher une nouvelle fois. Nous ne savons rien sur Jubilé. Théo ne m'a presque rien dit sur lui. C'est très gênant.

– D'un autre côté, nous avons maintenant plusieurs pistes intéressantes à explorer, rétorque Louise. Le problème est plutôt de savoir laquelle choisir.

– Nous devons nous poser et réfléchir à la suite, suggère Mèl.

Mais à peine a-t-elle parlé que le téléphone sonne de nouveau.

Elle décroche et se montre un peu expéditive pour pouvoir poursuivre sa conversation avec ses amies.

– Branche le répondeur, dit-elle à Louise. Nous ne devons plus répondre pour prendre le temps de nous organiser. De toute façon, les gens nous laisseront leurs coordonnées dans leur message. Cela ne changera pas grand-chose.

Louise enclenche le répondeur et rejoint ses deux amies dans sa chambre.

– Ouf ! lance-t-elle en s'affaissant sur un gros pouf au pied de son lit.

– Cette histoire frise la pantalonnade ! murmure Mélusine.

Chloé et Louise la dévisagent sans comprendre. Mèl sourit : encore un de ses mots bizarres ! Il faut qu'elle fasse un peu attention.

– Cela ressemble à une farce, reprend-elle plus simplement.

Louise lui fait un clin d'œil et garde dans un coin de sa tête le mot et sa définition pour l'écrire dans son carnet. Mais plus tard car, à l'heure qu'il est, elle est si bien dans son gros coussin qu'elle n'a aucune envie de bouger.

Le téléphone recommence à sonner dans la pièce d'à côté. Chloé se redresse et interroge ses amies du regard.

– Non ! dit Mèl. N'y va pas. Sinon nous n'arriverons jamais à réfléchir calmement.

Chloé hoche la tête et reste assise, mais elle garde l'oreille tendue pour tenter de savoir si la personne a bien laissé un message sur le répondeur.

– Chloé ! l'interrompt Mèl. Tu es avec nous ?

– Oui, répond Chloé sans conviction.

Et dès que le téléphone sonne de nouveau, elle tend le cou en direction de la porte.

– La personne n'a pas laissé son numéro, dit-elle. Elle hésite. Elle rappelle sans doute.

Lassée, Mélusine attrape machinalement la baguette piquée dans ses cheveux et la secoue un coup.

– C'est insupportable ! lance-t-elle avec agacement.

La sonnerie du téléphone s'arrête aussitôt puis reprend quelques minutes plus tard, la personne insistant sans doute encore. Mèl agite de nouveau sa baguette pour la stopper. Après quelques sonneries et plusieurs coups de baguette magique, le silence s'installe enfin dans l'appartement.

– Ah ! soupire d'aise Mélusine en replantant la baguette dans ses cheveux avec le plus grand naturel.

Louise, qui la regarde avec attention, n'en croit pas ses yeux.

– C'est fascinant ! murmure-t-elle.

Mélusine se tourne vers elle en souriant et se fige en découvrant les yeux brillants de son amie.

– Qu'est-ce qu'il y a ? bredouille-t-elle, troublée.

– Tu n'as rien remarqué ? lui demande alors Louise.

Mèl secoue la tête.

– Non. Quoi ?

– On aurait dit que tu commandais la sonnerie du téléphone, explique Louise. Je n'ai jamais vu ça. Tu agitais ta main avec ta baguette et la sonnerie s'arrêtait.

Le visage de Mélusine se vide de son sang puis se couvre de petites plaques rouges, jusque dans le cou. Exaspérée, elle ne s'est pas vraiment rendu compte de ce qu'elle faisait.

– C'était vraiment drôle, poursuit Louise.

Mélusine la scrute avec attention : l'enthousiasme de Louise est complet. Elle n'a vu là qu'un étrange concours de circonstances, mais aucune magie. Elle ne soupçonne rien.

– Je dirige le téléphone ! répond Mèl qui décide d'adopter le ton de la plaisanterie.

Chloé, elle, n'a rien vu.

– Qu'est-ce que faisait Mèl ? demande-t-elle.

Alors, Louise se lève, attrape la baguette des mains de Mélusine et commence à l'imiter. Mèl tente de récupérer la baguette, mais Louise n'a aucune envie de la lui rendre. Après avoir arpenté la ville ou répondu au téléphone toute la journée, elle a besoin de s'amuser un peu...

12

Attention, danger !

– Chef d'orchestre !

Louise se redresse, prend un air très digne et bat la mesure avec la baguette de Mélusine sur un air imaginaire. Chloé rit.

– Tu devrais être comédienne plutôt que journaliste, déclare-t-elle avec un air amusé.

– Comédienne ? Pourquoi pas ? répond Louise. C'est passionnant comme métier, comédienne.

Chloé chantonne un morceau qu'elle a appris à jouer au piano. Louise ferme les yeux et mime le musicien inspiré. Dans l'entrée, le téléphone se remet à sonner. Louise rouvre les yeux, tend l'oreille et sourit.

– Stop ! ordonne-t-elle en pointant la baguette vers la porte.

Mais la sonnerie continue de retentir. Elle regarde Mélusine, lui fait un clin d'œil et poursuit ses singeries. La jeune fée n'ose rien dire, terrorisée à l'idée de ce qui se passera si Louise déclenche la magie de la baguette par hasard. Heureusement, son amie est droitière : elle tient donc la baguette dans la mauvaise main.

– Magicien maintenant ! annonce Louise.

Mélusine frémit. Alors Louise roule de gros yeux inquiétants et dessine des volutes dans l'air avec sa baguette.

– Abracadabra ! lance-t-elle avec une voix faussement inquiétante.

Chloé est enchantée. Mélusine croise les doigts en espérant que tout se passe bien.

– Majorette ! poursuit Louise, décidément très inspirée.

Elle lance la baguette en l'air, tourne sur elle-même et essaie de la rattraper. Mais la baguette lui échappe, dégringole un peu plus bas et Louise la rattrape de justesse à quelques centimètres du sol. Alors, elle la brandit fièrement au-dessus de sa tête.

– Et voilà le travail ! dit-elle.

Chloé applaudit. Louise salue exagérément son public conquis d'avance et se relève, une drôle d'expression sur le visage.

– C'est drôle, dit-elle en regardant sa main. On dirait que la baguette chauffe.

Mèl se mord la lèvre. Elle regarde la baguette que Louise a rattrapée de justesse, de la main gauche ! Sans le vouloir, elle a dû poser le pouce sur la minuscule étoile. Pourvu qu'elle ne l'agite pas avec une idée saugrenue en tête, sinon, on court à la catastrophe.

– Ce n'est pas la baguette qui chauffe, réplique-t-elle. C'est toi qui as chaud.

Louise la regarde d'un air interrogateur.

– Non, je te promets, la baguette chauffe.

Mélusine doit réagir, et vite !

– Montre ! dit-elle vivement.

Elle tend la main et Louise lui donne la baguette dont le bois commence effectivement à chauffer. Mélusine la glisse dans sa main droite et, aussitôt, la baguette refroidit.

– Fariboles ! s'exclame-t-elle avec un air faussement enjoué. Tu me racontes des histoires, elle est toute froide.

Louise tend de nouveau la main, la droite cette fois-ci, et attrape la baguette. Elle fait une moue déçue.

– Tiens, c'est vrai. J'étais sûre qu'elle était chaude.

Chloé veut toucher la baguette à son tour.

– Donne-la-moi, dit-elle.

Elle attrape la baguette et sourit à sa meilleure amie.

– Tu as trop d'imagination, lui dit-elle doucement.

– J'aurais juré pourtant, répond Louise en observant la baguette d'un air soupçonneux.

Mèl décide alors qu'il est grand temps que la plaisanterie cesse…

– Je dois rentrer maintenant. Amandine déteste quand je suis en retard, dit-elle.

Elle se lève, attrape la baguette que Louise a reprise dans sa main et la glisse dans ses cheveux.

– Mais nous n'avons même pas réfléchi à ce que nous allions faire avec tous ces appels, déclare Louise comme si elle se réveillait soudain d'un long moment d'absence.

– Demain, s'excuse Mèl. Je suis complètement flapie.

– Fatiguée ? devine Louise avec un large sourire.

Mélusine sourit à son tour : son amie ne s'arrête donc jamais !

– Oui, répond-elle avec malice. N'oublie pas de noter aussi le mot « pantalonnade » dans ton répertoire, lui rappelle-t-elle.

La jeune fée se lève. Elle se sent vraiment fatiguée : sans doute le stress dû au petit numéro de Louise.

13

Méprise

La porte d'entrée claque.

– Mèl ? demande Amandine.

La jeune fée passe la tête dans le salon.

– C'est moi ! dit-elle d'une voix lasse.

– Comment s'est passée ta journée chez Louise ? lui demande Amandine.

– Intense ! Nous essayons de sauver un cheval de l'abattoir et ce n'est pas de tout repos, répond Mèl.

– Un cheval à l'abattoir ? s'offusque Amandine. Mais c'est affreux.

– Je suis bien de ton avis. C'est Chloé qui nous a averties et nous cherchons un moyen d'empêcher cela.

Amandine pose son pinceau sur sa palette et regarde sa jeune protégée avec un air amusé.

– Je constate que, même privée de magie, tu ne peux pas t'empêcher de voler au secours des malheureux.

Mélusine rougit.

– C'est un cheval, pas un homme, remarque-t-elle.

– Il n'empêche que tu vas tout faire pour lui venir en aide.

Mèl baisse les yeux pour dissimuler sa gêne.

– Je me trompe ? lui demande Amandine.

– Non, avoue rapidement Mèl. Mais je vois que tu as retrouvé de saines occupations, se moque-t-elle gentiment pour passer à autre chose.

Les bonnes intentions d'Amandine en matière de rangement n'auront pas duré très longtemps. La grande fée est déjà retournée à ses pinceaux, laissant les cartons du salon dans l'état où elle les a abandonnés la veille. Il y en a quelques-uns de moins, mais le bazar règne toujours dans la pièce. Il faut croire que cette ambiance inspire l'artiste qui dépose des touches de couleur sur la toile dans un joyeux désordre.

– Qu'est-ce que c'est ? ne peut s'empêcher de demander Mélusine que la peinture de son instructrice a toujours fascinée.

– Un cheval dans un pré, répond Amandine sans la moindre hésitation. Drôle de coïncidence, non ?

Mèl tressaille. Amandine sait-elle déjà à quoi elle a occupé sa journée ? A-t-elle pris sur elle de l'espionner pour le compte de mademoiselle Brune ? Ou bien a-t-elle perçu d'une manière ou d'une autre que sa vieille baguette magique avait repris de l'activité ?

– Un cheval ? reprend Mèl sur un ton détaché.

– Mmm ! confirme Amandine. J'en avais envie. Je ne sais pas pourquoi. Il faut croire que les animaux nous inspirent lorsque nous sommes désœuvrées...

Mèl la regarde attentivement : si Amandine lui cache quelque chose, elle s'en apercevra très vite car la grande fée a du mal à dissimuler ce qu'elle pense. Or cette dernière est tout à fait naturelle. Mélusine n'a pas à s'inquiéter.

– Bon, je vais me reposer, lance-t-elle alors.

– Te reposer ? s'étonne Amandine.

– Je me sens un peu flapie, ce soir. Nous avons cavalé dans tous les sens, tu sais.

– Tu n'as besoin de rien ?

– Certaine ! Ne t'occupe pas de moi. Un peu de repos et de calme me feront du bien.

C'est idiot, mais l'épisode de la baguette magique lui a coupé les jambes. Mélusine rêve de s'allonger sur son lit pour faire le vide et tenter d'analyser la situation. Car un énorme doute subsiste dans son esprit et, même si l'agitation de la journée le lui a fait un peu oublier, il est bien là. Mélusine doit absolument savoir si elle a libéré le bon cheval ou pas.

Mèl entre dans sa chambre et hésite à fermer à clé derrière elle pour ne pas être dérangée. Mais c'est risquer d'éveiller les soupçons d'Amandine. Son instructrice fait toujours preuve d'une très grande perspicacité dès lors que Mélusine essaie de lui cacher quelque chose. Elle n'est jamais très longue à découvrir la vérité et à la sermonner ensuite. Mais cette fois-ci, si elle se rend compte que Mèl a utilisé la magie alors même qu'elle en était privée, sa réaction risque d'être fracassante.

Mélusine s'allonge sur son lit après avoir retiré la baguette magique plantée dans ses cheveux. Elle la glisse entre les doigts de sa main gauche et cache son bras sous la couette. Si Amandine entre dans la pièce, elle ne pourra rien voir.

Mèl pose son pouce sur la petite étoile de la baguette et ferme fort les yeux. La voici prête pour une nouvelle promenade télépathique.

Elle s'approche par la pensée du box dans lequel elle croit avoir repéré Jubilé un peu plus tôt dans la journée. Le box est vide et la porte est restée légèrement ouverte. Aucun nom n'est écrit sur la porte mais, en regardant bien, la jeune fée découvre une inscription peinte en blanc sur le seau rempli d'avoine posé à proximité de l'abreuvoir d'eau. « KINO » peut-elle lire. Dans le box d'à côté, c'est un autre mot qui est inscrit sur le seau : « HELIOTT », et ainsi de suite. Jusqu'à ce que Mèl repère un seau avec écrit « JUBILÉ ». Le cheval qui se tient à côté dans le box ne ressemble pas à la photo que Chloé a choisie sur Internet. Il est très beau lui aussi, mais beaucoup plus foncé et il ne porte aucune tache sur le front. Mélusine est catastrophée : Jubilé est toujours à sa place. En revanche, un autre cheval se promène dans la nature !

14

Mauvaise surprise

Le téléphone sonne. Louise tend l'oreille et se tourne vers Mélusine.

– Donne-moi ta baguette magique ! lui dit-elle calmement.

Mélusine joue les étonnées.

– Ma quoi ?

– Ta baguette magique ! insiste Louise.

– Mais, mais, que... bredouille Mèl.

Louise lui adresse alors un sourire de travers.

– Tu espérais nous cacher la vérité pendant encore longtemps ? lui demande-t-elle d'une voix dure.

– Je pensais que nous étions amies, ajoute Chloé qui s'est approchée également.

Mélusine sent le sol se dérober sous elle.

– Non... Je... Mais...

– Allons, nous ne sommes pas idiotes, dit Louise. Regarde !

D'un geste vif, elle arrache la baguette des cheveux de Mélusine, la saisit dans sa main gauche en veillant à poser son pouce sur la minuscule étoile et la pointe en direction du téléphone. La sonnerie hésite, s'arrête, puis reprend de plus belle, stridente.

Le visage de Louise se déforme sous l'effet de la colère. Elle lève son bras gauche et pointe la baguette magique sur Mélusine qui se met soudain à sonner comme un téléphone.

– Nooon ! hurle-t-elle.

Mélusine rouvre les yeux et regarde autour d'elle avec angoisse. Elle est seule dans sa chambre. Ce n'était qu'un mauvais rêve. Elle s'est sans doute endormie après son exercice de téléportation. En revanche, le téléphone sonne bien, dans l'entrée de l'appartement.

La jeune fée se redresse rapidement et descend de son lit pour sortir de sa chambre.

– Mélusine ! l'appelle Amandine depuis la cuisine. Peux-tu décrocher ? J'ai les mains dans les tomates !

Mélusine attrape le combiné avant que la sonnerie s'arrête.

– Allô ? dit-elle.

– Bonjour, j'aimerais parler à monsieur ou madame Bouleau.

– Monsieur ou madame Bouleau ? répète Mélusine sans comprendre. Vous faites erreur.

L'homme à l'autre bout du fil se racle la gorge.

– Je ne suis pas chez mademoiselle Mélusine Bouleau ? demande-t-il.

– Si, c'est moi, répond Mèl.

– Ah, bonjour, mademoiselle. Inspecteur Labérue. Puis-je parler à vos parents, s'il vous plaît ?

Mélusine met plusieurs secondes avant de réaliser l'étrangeté de la situation. Depuis qu'elle est arrivée en mission sur Terre, c'est la première fois que quelqu'un ignore tout de sa situation et demande à rencontrer ses parents.

– Ils, ils sont morts… bredouille-t-elle, complètement déstabilisée.

Le policier déglutit bruyamment. Il ne s'attendait pas à une telle réponse.

– Pardon, mademoiselle, dit-il alors d'une voix plus douce. Je ne savais pas. Puis-je m'adresser à votre tuteur, ou à votre tutrice, alors ?

Mélusine se tourne vers la cuisine où Amandine a terminé sa salade.

– Oui, répond-elle enfin. Oui. Je vous passe ma tante.

– Qui est-ce ? demande Amandine qui sort au même moment de la cuisine en se frottant les mains dans un torchon.

Mélusine se tourne lentement vers elle.

– C'est pour toi, dit-elle d'une voix blanche.

Amandine la regarde d'un air inquiet.

– Quelque chose ne va pas, Mèl ? s'alarme-t-elle aussitôt.

– C'est la police, articule péniblement Mélusine. Un inspecteur veut te parler.

– La police ! répète Amandine, atterrée. Mais pourquoi ?

– Je ne sais pas, répond mécaniquement Mélusine qui a l'impression que son cauchemar n'est toujours pas terminé. Il ne m'a rien dit.

Amandine lâche son torchon par terre et attrape le combiné du téléphone.

– Oui ? dit-elle.

Tandis que l'inspecteur lui parle, la grande fée pâlit. Quand elle raccroche, elle dévisage Mèl avec un drôle d'air.

– La police veut savoir ce que tu as fait ces deux derniers jours, dit-elle simplement.

Mélusine ouvre de grands yeux interrogateurs.

– Dis-moi que vous n'avez pas fait de bêtise, lui demande Amandine.

Mélusine secoue la tête. Elle ne sait plus quoi penser.

15

Interrogatoire

– Quel est votre nom ?

– Mélusine Bouleau.

– Où habitez-vous ?

– 19, rue des Rochers, à Baillon.

– Que font vos parents ?

– Ils sont morts quand j'étais toute petite.

L'inspecteur Labérue se racle la gorge, très gêné.

– Pardonnez-moi, souffle-t-il. Vous me l'avez dit tout à l'heure.

– Je vis avec ma tante, ajoute Mèl en se tournant vers Amandine, assise non loin d'elle.

Le policier relève la tête et dévisage Amandine qui lui fait face. Elle est partie si précipitamment qu'elle n'a pas eu le temps de retirer son tablier de cuisine. Le policier se garderait bien d'en rire cependant. La tante de Mélusine l'intimide : il a rarement vu une femme aussi belle. Ses traits sont fins, sa chevelure fascinante et ses jambes immenses. Le policier se sent bien peu de chose avec son air efflanqué, ses lunettes qui tombent sans cesse sur le bout de son nez et son crâne qui commence à se dégarnir sérieusement. Il détourne les yeux et revient à son interrogatoire en essayant d'oublier cette femme splendide qui le regarde intensément.

– Quel âge avez-vous ? demande-t-il à Mélusine.

– 12 ans et demi.

Amandine sourit : elle est fière de sa protégée qui répond sans hésiter. Sa formation intensive a été très profitable : Mélusine ne tombe pas dans les pièges qui risqueraient de la faire repérer. Il ne manquerait plus que le policier découvre qu'il n'a pas en face de lui une simple collégienne mais une fée de 112 ans, membre du Samu. Sans compter que les amies de Mèl sont assises au fond de la pièce. Elles aussi viennent d'être interrogées. La moindre erreur alerterait également Louise et Chloé. Heureusement, Mélusine est parfaite !

L'inspecteur Labérue poursuit avec des questions de routine quand Amandine commence à s'agacer. Personne ne leur a rien dit et elle trouve cet interrogatoire fort désagréable.

– Pourriez-vous m'expliquer pourquoi vous posez toutes ces questions à ma nièce ? demande-t-elle assez sèchement. Il me semble que nous sommes en droit de savoir.

Le policier se trouble légèrement.

– J'y viens, madame. J'ai encore besoin de quelques informations.

– Je vais vous les donner, moi, s'impatiente Amandine. Mélusine, ma nièce, est en cinquième au collège du Bosquet. Elle est une élève sérieuse dans l'ensemble, en dehors des mathématiques qui sont sa bête noire. Mais qui aime les mathématiques, me direz-vous ? ajoute-t-elle sur un ton soudain charmeur.

Le policier rougit. Amandine vient de marquer un point. Elle continue avec aplomb.

– Mélusine est une jeune fille adorable qui aime beaucoup rendre service. Elle mange plutôt bien et même de la soupe. Je le précise car vous vous étonnerez sans doute de sa petite taille. C'est de famille, ajoute-t-elle. Pas de mon côté, vous vous en doutez, mais du côté de sa mère.

L'inspecteur Labérue écoute sans oser rien dire. Il est comme hypnotisé par ce numéro de charme improvisé. Amandine continue sans se démonter.

– Je ne sais pas ce que vous lui reprochez, mais sachez que Mélusine, et ses deux amies ici présentes d'ailleurs, ont monté un spectacle pour des enfants malades. Elles ont aussi aidé un jeune garçon en lui donnant des cours de mathématiques. Cela est plutôt la preuve d'un bon esprit, n'est-ce pas ?

Amandine s'arrête un instant, vérifie que son interlocuteur est bien à l'écoute et poursuit.

– Elle n'est pas parfaite pour autant, je vous l'accorde. Elle est souvent en retard à l'école, se coiffe comme un as de pique et est extrêmement désordonnée.

Malgré la situation, Mélusine sourit à l'évocation de ce petit travers qu'elle partage avec Amandine.

– Mais ces petits défauts justifient-ils qu'elle soit interrogée ainsi ?

Amandine se tait et fixe le policier.

– Je pense que vous savez tout ce qu'il est important de savoir sur ma nièce, ajoute-t-elle pour conclure. À votre tour de me dire ce que vous lui reprochez.

L'inspecteur Labérue est totalement déstabilisé. Après quelques longues secondes, il retrouve enfin l'usage de la parole.

– Un cheval a été enlevé dans une propriété équestre non loin d'ici, accepte-t-il de révéler enfin.

– Un cheval ? Et alors ? demande Amandine. Nous vivons en appartement. En quoi ce détail nous intéresse-t-il ?

– Ce cheval est celui dont votre nièce et ses amies ont placardé la photo partout dans la ville.

Amandine hausse les sourcils : ce détail est un peu gênant effectivement.

– C'est un peu plus compliqué que cela, intervient Mado, la grand-mère de Chloé qui est venue accompagner sa petite-fille au commissariat elle aussi. Ma petite-fille vous l'a déjà dit.

L'inspecteur l'arrête.

– Pardon, madame, mais je voudrais entendre la version de mademoiselle Bouleau à ce sujet justement.

Il se tourne vers Mélusine.

– Mademoiselle ? Racontez-moi cette histoire de cheval, s'il vous plaît.

Mélusine regarde Chloé puis Louise, présente elle aussi avec ses parents, et se lance :

– Chloé a appris qu'un cheval appelé Jubilé allait être envoyé à l'abattoir. Nous avons décidé de le sauver. Pour cela, Louise a écrit un article pour les journaux.

– Il est paru ? la coupe le policier.

Il a déjà posé toutes ces questions à Louise et à Chloé mais il veut confronter la version des trois amies. C'est ainsi qu'il espère trouver une faille, un indice, qui le mettra sur la piste de ce cheval.

– Non, répond Mélusine. Personne n'a trouvé notre histoire suffisamment intéressante. Alors, Chloé nous a montré une affiche qu'elle avait faite pour la coller en ville et demander de l'aide. Vous l'avez vue, je suppose.

Le policier hoche la tête. En effet, c'est cette affiche découverte en ville par le propriétaire du cheval qui a déclenché toute l'affaire. L'homme, d'abord convaincu que son cheval s'était échappé, a commencé à croire à un enlèvement en voyant l'affiche. Il a aussitôt appelé la police.

Mèl poursuit.

– Pour attirer le regard des passants, Chloé a mis une image sur l'affiche. Aucune d'entre nous ne connaît Jubilé et nous ne savons même pas à quoi il ressemble. Chloé a choisi une photo de cheval trotteur au hasard sur Internet et l'a placée sur l'affiche. Nous ne le savions pas et quand elle nous l'a dit, cela ne nous a pas paru très important. Le but était de sauver Jubilé.

L'inspecteur Labérue rajuste ses lunettes sur son nez et dévisage les trois amies d'un air sévère. Il est temps de leur en dire un peu plus et de guetter leurs réactions.

– Ce cheval n'est effectivement pas Jubilé, dit-il. En revanche, le propriétaire de Jubilé a un autre cheval qui ressemble beaucoup à celui de votre photo.

Louise et Chloé se regardent : elles l'ignoraient.

– Et c'est justement ce cheval qui a disparu !

Un long silence accueille ses propos, puis Chloé porte la main à sa bouche avec une expression pleine d'effroi. Elle vient de mesurer les conséquences de leur petite initiative. Alors que Mèl et Louise restent sans voix, Chloé s'exclame :

– Nous n'y sommes pour rien, dit-elle. Nous n'avons dit à personne où se trouvait Jubilé. Et nous avons fait attention justement à ne pas l'écrire sur l'affiche.

– Comment expliquez-vous cette coïncidence, alors ? demande Labérue.

Louise hausse les épaules, fataliste.

– C'est sans doute le hasard, dit-elle.

Le policier la regarde d'un air sévère.

– Nous n'aimons pas beaucoup le hasard dans la police, mademoiselle.

– Où voulez-vous en venir exactement ? l'interrompt Amandine qui n'aime pas le ton menaçant que vient de prendre l'inspecteur.

L'officier de police regarde alors Amandine, Mado la grand-mère de Chloé et les parents de Louise.

– Vos nièce, petite-fille et fille sont les seules à savoir où se trouvait le cheval avant sa disparition...

– Et ? lâche Amandine.

– Elles sont sans doute les seules à savoir maintenant où il se trouve...

16

Soupçonnées !

Amandine est outrée : elle n'imaginait pas que l'on puisse soupçonner trois collégiennes pour une simple histoire de photo.

– Et si vous l'aviez enlevé, ironise-t-elle tandis qu'elles rentrent chez elles. Vous l'auriez mis où ?

Mélusine ne répond pas. Elle réalise que, en rendant sa liberté à celui qu'elle croyait être Jubilé, elle a engendré beaucoup plus de problèmes qu'elle n'en a résolus.

– Ce policier est un imbécile, maugrée Amandine pour elle-même. Des ravisseurs ne placardent pas ensuite des affiches dans la ville juste après leur forfait !

Le raisonnement d'Amandine est juste mais il lui manque une donnée majeure : c'est sa jeune protégée qui est responsable de la disparition du cheval.

– Il s'est peut-être échappé, tout simplement, conclut Amandine après l'analyse de la situation. Une porte mal fermée, c'est vite arrivé.

Mélusine hoche la tête : voilà une hypothèse qui lui convient parfaitement.

– Il suffirait alors de le retrouver, dit-elle, pleine d'espoir.

– Si seulement mademoiselle Brune ne m'avait pas privée de magie, je te retrouverais ce cheval en un claquement de doigts et je te tirerais de ce mauvais pas, lance Amandine.

À l'évocation de la directrice du Samu, Mélusine frissonne. Mademoiselle Brune ne doit surtout pas être mêlée à cette histoire. Si elle ne s'est pas rendu compte jusqu'à maintenant que Mélusine a usé de la vieille baguette magique d'Amandine, c'est seulement parce qu'elle est persuadée que cette dernière est privée de magie. Par conséquent, elle ne s'occupe pas du tout d'elle et concentre son attention sur les autres agents du Samu. Il ne faut donc absolument pas attirer son attention d'une manière ou d'une autre, sinon elle ne sera pas longue à découvrir le pot aux roses. D'autant que tant que tout le monde croit Mélusine et Amandine inactives, la Fouine ne viendra pas non plus les ennuyer. Elle doit sûrement s'acharner sur un autre agent et Mélusine trouve plutôt agréable de ne pas l'avoir dans les pattes.

Longtemps les fées se sont demandé comment la Fouine était au courant des différentes missions des agents et comment elle réussissait toujours à trouver un moyen pour s'y immiscer.

Mademoiselle Brune a tout d'abord soupçonné une fée de son entourage de trahir la communauté en transmettant à la Fouine toutes les informations concernant les agents. Pendant plusieurs mois, la directrice du Samu a donc réduit son équipe au strict minimum et gardé chaque mission secrète. En vain. La Fouine n'a pas diminué son activité. Pire encore, elle a fait plus de ravages que d'habitude. Mademoiselle Brune étant désormais seule à tout gérer, elle ne parvenait pas à intervenir toujours à temps pour dire à ses agents de rejoindre la communauté avant que la Fouine les retrouve.

Les agents venant chercher leurs missions au restaurant *Au Plat unique* de madame Violette, mademoiselle Brune a ensuite mené l'enquête de ce côté-là. Sa recherche n'a rien donné. Madame Violette est au-dessus de tout soupçon, et elle ne communique à personne d'autre qu'à mademoiselle Brune l'objet des missions qu'elle confie aux agents du Samu.

Avec le temps pourtant, mademoiselle Brune a compris que les fuites ne pouvaient venir que du restaurant de madame Violette, sans que cette dernière y puisse rien. En effet, la Fouine connaît le fonctionnement du *Plat unique* puisqu'elle allait y chercher ses missions lorsqu'elle était encore agent du Samu. Désormais, il lui est facile de se glisser parmi la clientèle pour observer les faits et gestes de madame Violette et découvrir sans peine les missions à venir des agents. Les clients du restaurant sont si nombreux et si divers, et la Fouine est si habile à imiter l'allure de n'importe qui, qu'il est impossible de la démasquer.

Bien sûr, mademoiselle Brune et madame Violette se sont posé la question de fermer le restaurant. Mais c'était priver le Samu de sa principale source d'information sur Terre. C'était aussi risquer que les fées n'en fassent de nouveau qu'à leur tête en choisissant elles-mêmes leurs missions. La décision a donc été prise de garder le *Plat unique* ouvert, au risque de faciliter un peu le travail de la Fouine. En contrepartie, mademoiselle Brune a redoublé de vigilance pour garantir la sécurité de ses agents. C'est pour cela qu'elle est capable d'intervenir à tout moment dans une mission lorsque la vie d'un agent est en péril.

– Je vais me coucher, dit Mélusine à peine de retour chez elles.

Amandine est encore si agacée par ce qu'elle vient d'entendre qu'elle a besoin de parler un peu.

– Tu ne veux pas que nous discutions ?

– Non, répond Mélusine en secouant la tête. J'ai vraiment envie de dormir et de penser à autre chose. Demain, j'y verrai sans doute plus clair.

En réalité, Mélusine n'a pas sommeil du tout. Cette nuit, elle doit absolument retrouver le cheval qu'elle a libéré et le ramener à l'écurie. Avec un peu de chance, cela calmera les esprits de tout le monde. Mais cette nouvelle mission n'est pas une mince affaire. Autant il lui a été très facile de se rendre par la pensée à l'écurie du propriétaire de Jubilé, autant cette fois-ci elle ne sait pas où chercher. Le cheval peut être n'importe où !

Mélusine s'assoit sur son lit et passe la main dans ses cheveux pour récupérer sa baguette magique. Elle suspend immédiatement son geste en réalisant que ses cheveux ne sont plus du tout attachés, mais en pagaille. Mélusine tâte son crâne avec soin comme si elle espérait encore y trouver la baguette, puis elle se précipite sur ses draps pour tenter de l'y retrouver. Elle l'aura laissée là tout à l'heure, quand elle est partie précipitamment. Mais Mélusine a beau repasser la couette avec le plat de la main, la retourner et la secouer, la baguette n'est nulle part.

Mèl se rassoit sur le lit et tente de réfléchir au moment où elle aurait pu perdre sa baguette. Au commissariat ? Certainement pas. Mélusine devait y être arrivée toute décoiffée ; d'ailleurs Amandine a fait une allusion à sa coiffure devant le policier. Dans la rue ? Mèl aurait senti que ses cheveux se libéraient tout à coup. Près du téléphone de l'entrée ? La jeune fée ne se souvient pas d'avoir retiré la baguette de ses cheveux. Non, ce ne peut être que dans sa chambre. Mèl balaie la pièce du regard. Question rangement, ce n'est pas beaucoup mieux que dans le salon. Elle inspecte une nouvelle fois sa couette puis passe le bureau au peigne fin. Ensuite, elle jette un œil sous le lit. Au milieu des chaussures et des chaussettes en boule, elle retrouve enfin la baguette qui a dû rouler au sol quand elle s'est réveillée de son cauchemar.

– Au travail ! s'encourage-t-elle enfin.

17

Téléportation

La téléportation par la pensée est une capacité des fées qui ferait rêver plus d'un humain s'il savait que c'était possible. Il faut savoir néanmoins qu'elle demande une grande maîtrise, du silence et un minimum de sens de l'orientation. Voilà qui explique pourquoi les membres du Samu l'utilisent si peu, finalement. Les agents risquent en effet d'épuiser trop rapidement le nombre de tours auxquels ils ont droit pour chaque mission. Car une téléportation par la pensée compte pour un tour, quel que soit le résultat, positif ou négatif.

Se rendre par la pensée à une adresse indiquée est facile pour n'importe quelle fée, même la plus débutante. Mais se déplacer sur un vaste territoire à la recherche de quelque chose ou de quelqu'un est beaucoup plus délicat. Il faut aller et venir, par la pensée, en évitant de passer et repasser aux mêmes endroits et sans en négliger d'autres. Souvent, les fées les plus étourdies tournent en rond et se découragent. Les plus tenaces obtiennent des résultats, mais au prix de longues heures de concentration, souvent épuisantes.

Les hommes utilisent l'expression "chercher une aiguille dans une botte de foin" afin de rendre compte de l'ampleur de la tâche. Les fées parlent plutôt de "retrouver une goutte d'eau dans un océan". L'expression est différente mais une chose est sûre : Mélusine a du pain sur la planche !

La jeune fée n'a jamais été une grande adepte de la géographie et on ne peut pas dire que le sens de l'orientation fasse partie de ses multiples qualités. Quant à la patience, Mélusine en a peu ! Elle aime ce qui va vite et déteste perdre son temps. Cette fois-ci, pourtant, Mèl n'a pas le choix. Elle va devoir prendre sur elle et lutter contre ses mauvais penchants en agissant avec méthode. Être organisée et méticuleuse est en effet la seule solution si elle veut obtenir un résultat.

Mélusine commence par inspecter les environs directs de la ferme. Avec un peu de chance, le cheval Kino ne sera pas allé très loin, préférant rester à proximité des lieux qui lui sont familiers. Mais après une heure à survoler par la pensée la ferme et ses alentours, le constat n'est pas brillant : le cheval a sans doute été plus loin et Mélusine commence à avoir très mal à la tête.

– Mélusine ?

La jeune fée sursaute. Amandine gratte doucement à la porte et l'entrouvre.

– Mélusine ? répète-t-elle doucement.

Mèl crispe sa main sur la baguette magique et la cache sous la couette.

– Tu dors ? lui demande Amandine en s'approchant du lit.

– Non, je n'y arrive pas trop.

Amandine s'assoit sur le lit. Elle a vraiment besoin de discuter avec sa jeune protégée.

– J'ai beau tourner le problème dans ma tête, je ne trouve pas de solution, commence-t-elle. Je ne sais pas comment t'aider.

Mélusine sourit.

– Tout va s'arranger, j'en suis sûre, dit-elle d'une voix lasse.

Amandine la regarde attentivement.

– Tu dis cela sans y croire, lui reproche-t-elle gentiment. Je vois bien que cela t'inquiète.

Amandine fronce les sourcils.

– Tu as d'ailleurs très mauvaise mine, ajoute-t-elle. Tout va bien ?

Mélusine hoche la tête.

– Oui. Je suis juste un peu fatiguée. La journée a été longue et intense. Une mission au Samu aurait été moins éreintante, plaisante-t-elle pour tenter de rassurer son instructrice. La magie a un côté reposant !

Le fait est que le long exercice de concentration qu'elle vient de faire l'a vidée de ses forces. Ses traits sont tirés et elle a l'impression que quelqu'un lui frappe la tête avec un marteau. Amandine s'inquiète.

– Tu n'as pas l'air dans ton assiette, insiste-t-elle.

– Je vais très bien.

– Non, vraiment. Montre-moi ton pouls.

Avant même que Mélusine réalise ce qui se passe, Amandine glisse la main sous la couette pour lui attraper le bras gauche. Mèl lâche la baguette qui glisse le long de sa jambe. Amandine ne se rend compte de rien, concentrée sur les pulsations dans le poignet de Mélusine.

– Ton pouls est bon, la rassure-t-elle. Repose-toi bien cette nuit. Si demain tu ne vas pas mieux, j'appellerai un médecin.

Mélusine se redresse aussitôt sur son lit et se force à sourire.

– Je te dis que je vais bien ! répète-t-elle. Inutile de faire venir un médecin jusqu'ici. Et puis l'inspecteur de police veut me revoir !

– Je me moque bien de ce que l'inspecteur veut faire. Si tu ne vas pas mieux demain, j'appelle un médecin. Policier ou pas !

Lorsqu'un membre du Samu est malade, les fées peuvent faire appel en urgence à un docteur de la communauté. Chaque cas doit être traité avec rapidité, avant qu'un médecin humain ne s'en mêle. Une telle intervention risquerait en effet de compliquer beaucoup les choses. Quelle serait sa réaction en découvrant que les fées ne sont pas tout à fait faites comme les hommes ?

– Inutile de faire venir un médecin, répète Mélusine. Encore un peu de repos et il n'y paraîtra plus, ajoute-t-elle sans grande conviction.

La jeune fée se rallonge et s'enfonce dans son oreiller : la tête lui tourne de plus en plus.

18

Poussée de fièvre

Toute la nuit, Mélusine se débat contre des fantômes qui l'assaillent. Une fois, ils ont la forme de chevaux, d'autres fois ils ressemblent au policier ou bien à des milliers de fouines qui lui sautent à la gorge. Au petit matin, lorsqu'elle se réveille, elle est brûlante de fièvre. Dès qu'elle s'assoit dans son lit, la pièce commence à tourner tout autour d'elle et elle doit se rallonger aussitôt.

Profitant de ce qu'elle est en vacances, Mélusine n'essaie même pas de se lever. Elle espère qu'en dormant un peu plus longtemps elle se sentira mieux. Mais à 10 heures, quand Amandine se penche par la porte pour la prévenir qu'elle part coiffer ses vieilles dames à domicile, Mèl ne se sent pas mieux. Elle donne pourtant le change.

– Tu as bien dormi ? lui demande Amandine.

– Oui, ment-elle.

– Et comment te sens-tu ce matin ?

– Bien, sourit courageusement Mélusine. Pas encore très réveillée, mais bien !

– Je reviens dans deux heures, précise Amandine. Nous irons ensemble au commissariat en début d'après-midi. D'ici là, prends ton temps. Rien ne presse. Tu es en vacances.

– À tout à l'heure ! dit-elle d'une voix pâteuse qu'Amandine met sur le compte du sommeil.

Aussitôt seule, Mélusine essaie de récupérer un peu ses esprits. Sa recherche de la veille n'a rien donné et elle doit absolument réessayer. Elle tente de se lever et manque de dégringoler en voulant poser le pied à terre. Elle a l'impression d'être entièrement vidée de ses forces. La jeune fée se rallonge et récupère la baguette magique qui est restée sous la couette, contre sa jambe.

« Heureusement qu'elle est là, pense-t-elle en regardant la baguette. Cela va m'éviter de me lever. »

Elle l'agite devant elle.

– Un bon jus de fruits vitaminé et il n'y paraîtra plus !

Un verre apparaît sur la table de chevet. Mélusine sourit.

– Décidément, la magie a vraiment du bon.

Elle attrape le verre, trempe ses lèvres dedans et avale avec un air dégoûté.

– Pouah ! De la carotte !

Mèl met cette erreur sur le compte de la fatigue. Elle recommence à agiter sa baguette pour changer de mixture. Cette fois-ci le jus est trop citronné. Mélusine fixe le fin morceau de bois qu'elle tient dans la main. Elle pose son pouce gauche exactement sur la minuscule étoile et la dirige d'un geste rapide vers la chaise où sont entassés ses vêtements. Les habits sont comme balayés par un vent violent et retombent sur la chaise, les uns pliés, les autres pas. Mélusine grimace. Elle tente un nouveau tour sans beaucoup plus de succès : sa demande n'est que partiellement réalisée. Cette fois-ci, il n'y a plus aucun doute : la vieille baguette magique d'Amandine est en train de perdre peu à peu de ses pouvoirs. Elle a été trop longtemps séparée de sa propriétaire sans être utilisée pour rester pleinement efficace. Désormais, seule la grande fée est capable de lui faire récupérer son potentiel magique afin qu'elle fonctionne de nouveau normalement. Mélusine, elle, pourra peut-être l'utiliser encore une ou deux fois, mais avec le risque que cela ne marche qu'à moitié.

« C'est bien ma veine, pense Mèl. Au moment où je risque d'en avoir le plus besoin, ma magie me lâche. »

Voilà qui explique aussi, sans doute, son état de fatigue extrême. La baguette magique a dû pomper une partie de son énergie pour continuer de fonctionner normalement durant sa téléportation. Mélusine n'a pas le choix. Si elle veut donner le change à Amandine et ne pas être démasquée, elle doit prendre sur elle. Elle vide le verre de jus trop acide en plissant le nez et fait l'effort de se lever. Les murs commencent à bouger, le sol tangue sous ses pieds, mais Mélusine ferme les yeux et se concentre. Bientôt, elle réussit à stabiliser le décor. Elle enfile un pull par-dessus ses vêtements qu'elle n'a même pas enlevés la veille et se dirige vers le salon. À chaque pas, elle se tient au mur pour éviter de tomber. Enfin, elle s'affaisse dans le canapé du salon et tente de faire le point. La situation n'est pas fameuse : elle est soupçonnée d'avoir enlevé un cheval, responsable de la fuite d'un animal, malade et privée de sa précieuse magie. Sans compter que si Amandine apprend qu'elle a utilisé sa vieille baguette sans autorisation, elle risque d'être définitivement renvoyée du Samu. En trouvant un moyen de faire de la magie alors même qu'on le lui a formellement interdit, Mélusine a outrepassé toutes les règles. Elle a aussi directement contesté l'autorité de mademoiselle Brune. Cette dernière risque de très mal le prendre et de ne pas supporter ce nouvel acte de désobéissance.

Mélusine réfléchit à la meilleure façon de s'en sortir lorsque le téléphone sonne.

19

Si seulement…

– Allô, Mèl ? C'est Chloé.

– Salut, Chloé ! Tu as du nouveau ? s'inquiète aussitôt Mélusine.

– Oui et non.

– Es-tu retournée voir la police ?

– Non, pas encore. Je dois y aller en début d'après-midi.

– Comme moi.

– Mado dit qu'ils ne peuvent rien contre nous, tente de se rassurer Chloé.

– Bien sûr ! Tu n'y es pour rien ! s'indigne Mélusine qui retrouve un peu d'énergie.

– Je sais mais, sans cette photo, personne n'aurait pensé à l'enlever. Je me sens responsable de ce qui arrive.

– Et si le cheval s'était échappé tout seul, suggère Mélusine. C'est possible.

– Comment ?

– Je ne sais pas, moi. Une porte mal fermée et, zou ! il prend la poudre d'escampette.

– Je n'y crois pas beaucoup, riposte Chloé.

– Cela ne t'arrive jamais de mal fermer une porte ? lui demande Mèl.

– Si, admet cette dernière.

– Eh bien voilà. Saperlipopette ! Ce n'est pourtant pas bien compliqué.

Si seulement la police pouvait en arriver à cette conclusion, cela les arrangerait bien.

– Mais tout de même, reprend Chloé qui trouve la démonstration de son amie un peu trop belle pour être vraie. C'est justement le cheval qui ressemble le plus à la photo que j'ai mise sur les affiches. C'est bizarre, non ? Et puis souviens-toi que l'une des personnes qui nous a appelées a parlé d'organiser un enlèvement. Tu ne crois pas que ce pourrait être elle ?

Mélusine grimace : elle a oublié ce détail. L'idée que quelqu'un d'autre encore soit accusé à cause d'elle la chagrine. En tant qu'agent du Samu, elle est habituée à aider les autres, pas à leur nuire. Elle doit absolument retrouver ce cheval avant que les choses ne se compliquent encore davantage.

– Je ne pense pas, répond-elle finalement. Nous n'avons donné l'adresse du propriétaire de Jubilé à personne.

– Peut-être, admet Chloé. Mais il n'y a certainement pas des dizaines d'écuries dans le coin. Ce ne doit pas être très difficile de le retrouver.

– D'accord, mais c'est long, rétorque Mèl. Or le cheval a disparu juste après que nous avons mis les affiches, il me semble.

Chloé soupire : elle est inquiète et se raccroche à tout ce qu'elle peut.

– Tu parlais d'événements nouveaux ? demande Mèl pour passer à autre chose.

– Oui, la police a interrogé Théo aussi. Avec nous, il est l'un des rares à savoir où Jubilé se trouve.

– Et ? demande Mélusine.

– Rien, bien sûr ! En plus, Théo n'était même pas au courant de ce que nous avions fait.

– Est-ce qu'il a des nouvelles de Jubilé ? s'inquiète Mélusine.

– Non. Mais son père dit que toute cette histoire risque de sérieusement énerver son propriétaire. À cause de nous, il a perdu un autre cheval. Ce n'est pas banal, n'est-ce pas ?

Mélusine sourit tout à coup. Elle vient d'avoir une idée qui lui fait presque oublier sa fatigue.

– Chloé ?

– Oui, répond son amie à l'autre bout du téléphone.

– Sais-tu si Louise a envoyé son article au journal ?

– Je ne sais pas. Tout est allé si vite depuis hier matin. Pourquoi ?

– Je crois que notre histoire prend une tournure beaucoup plus intéressante pour la presse, s'explique Mélusine. Nous ne sommes plus seulement trois collégiennes décidées à sauver un cheval. Désormais, il y a un enlèvement.

– Tu crois que… demande Chloé, pleine d'espoir.

– Cela vaut le coup d'essayer, lance Mèl. J'appelle Louise.

20

Un scoop !

Gabriel Pinchon raccroche, le sourire aux lèvres. Il tient enfin un article intéressant. Voilà qui va le changer des concours de belote et des accidents de la route dont il se charge d'habitude. Le journaliste a toujours rêvé de grandes enquêtes et de reportages au bout du monde. Au lieu de cela, il a atterri dans la rédaction d'un petit journal local et il ne se déplace jamais à plus de cinquante kilomètres, le plus souvent pour rencontrer des associations sportives ou culturelles. Avec le temps, Gabriel Pinchon s'est résolu à faire son métier correctement, mais sans passion. Le coup de téléphone qu'il vient de recevoir réveille enfin le journaliste qu'il a toujours voulu être. Bien sûr, l'affaire est loin d'être grandiose et elle ne concerne que la population locale. Il n'empêche, si Gabriel s'y prend bien, il pourra lui donner un petit côté romanesque qui passionnera les lecteurs.

Gabriel Pinchon ouvre la messagerie de son ordinateur et trouve aussitôt le message que Louise vient de lui envoyer. Il contient la pièce attachée que la jeune collégienne lui a promise. Le journaliste clique dessus et une fenêtre s'ouvre sur son ordinateur.

« Sauvez Jubilé ! lit-il. Dans une semaine, le cheval Jubilé sera transformé en steak haché si vous ne faites rien ! Le propriétaire de ce trotteur français a décidé de s'en débarrasser et de l'envoyer à l'abattoir. Pourtant, Jubilé n'est ni malade, ni boiteux. Il ne court simplement pas assez vite au goût de son propriétaire.

Heureusement, Louise, Mélusine et Chloé, trois collégiennes, ont décidé de sauver Jubilé et de le racheter avant qu'il soit trop tard. Pour cela, elles ont besoin de 650 euros pour le cheval puis de 3 000 euros pour son entretien pendant une année. Et elles comptent sur vous.

Si l'histoire de Jubilé vous émeut, envoyez vos dons au journal qui fera suivre. Nous n'avons pas le temps de lantiponner ! Il faut faire vite. »

Gabriel Pinchon sourit. Cette jeune fille n'a pas peur de provoquer ! Sa première phrase choc le prouve. Quant à la toute fin de l'article, Gabriel la relit plusieurs fois.

« Lantiponner » ? Qu'est-ce que cela peut bien vouloir dire ? se demande-t-il en cherchant machinalement son dictionnaire.

Le mot ne figure pas dans le dictionnaire. Gabriel Pinchon consulte alors Internet. C'est un réflexe : il n'aime pas rester sur une interrogation. Et si ce mot est une nouvelle expression à la mode chez les plus jeunes, il se doit de la connaître. Mais le journaliste sourit en découvrant que, en fait d'être moderne, le terme « lantiponner » existait déjà au XVIIIe siècle !

– Curieux vocabulaire, s'étonne le journaliste.

En plus de l'article, Louise lui a raconté la suite de l'histoire et cette accusation abracadabrante. Gabriel Pinchon ne croit pas du tout à un enlèvement du cheval par les trois amies. Où l'auraient-elles caché si elles avaient fait le coup ? Et pourquoi se seraient-elles amusées à placarder des affiches partout dans la ville ? De plus, pourquoi l'auraient-elles appelé au lieu d'étouffer l'affaire ? En revanche, l'hypothèse d'un amoureux des bêtes qui aurait immédiatement réagi en voyant l'affiche n'est pas improbable. Louise a parlé d'un appel qui semblerait aller dans ce sens. C'est une piste à creuser. Il ne faut rien négliger si Gabriel Pinchon veut écrire un bon article. Un peu de suspense dans les pages de son journal ne fera pas de mal. Et du drame aussi. Le journaliste espère bien tirer quelques larmes à ses lecteurs en leur parlant du sort affreux réservé à Jubilé. Non, vraiment, cette histoire est en or. Un frisson d'excitation le parcourt. Il y a longtemps qu'il n'a plus ressenti cela.

Gabriel Pinchon cherche dans ses fiches le nom de son contact dans la police municipale. C'est le moment de se servir du réseau qu'il a patiemment tissé depuis des années sans jamais pouvoir l'utiliser vraiment. Il est rare d'avoir à se renseigner auprès de la police quand il doit écrire un article sur le loto organisé par le club de pétanque !

– Inspecteur Labérue ! dit-il tout haut en sortant sa fiche. Voyons ce que vous avez à me raconter.

21

Malaise

Assise dans le salon, au milieu des cartons, Mélusine ferme les yeux. Louise vient de la rappeler pour lui raconter son entretien avec le journaliste.

– Ton idée était géniale ! a gloussé Louise. Le journaliste s'est montré très intéressé. Il faut dire que j'en ai un peu rajouté.

Mélusine sourit en pensant à ce que Louise a dû lui raconter. Elle a un certain sens de la mise en scène et elle a certainement dramatisé la situation. La jeune fée sourit : si tout va bien, cette histoire va bientôt rentrer dans l'ordre. On retrouvera Kino, le cheval qui fait l'école buissonnière par sa faute, et Jubilé sera sauvé.

Mélusine fait la grimace : les coups ont recommencé dans son crâne. La douleur devient presque insupportable.

– Dormir ! J'ai besoin de dormir, murmure-t-elle avant de sombrer dans l'inconscience.

22

Curieux diagnostic

Lorsque Mélusine rouvre les yeux, un drôle de petit bonhomme est penché au-dessus d'elle. Il a de gros yeux globuleux et un étrange sourire doux et rassurant.

– Vous voilà revenue chez nous, lui dit-il d'une voix éraillée. Vous nous avez fait une belle frayeur.

Mélusine cligne des yeux plusieurs fois. Petit à petit, le décor redevient net autour d'elle. Elle reconnaît les piles de cartons qui décorent le salon depuis si longtemps maintenant. Les événements lui reviennent aussi en mémoire : Louise et Chloé, le cheval, la baguette magique, la police...

Assise au bout du canapé où elle est allongée, Amandine la regarde, le visage déformé par l'inquiétude. Mélusine ouvre la bouche pour parler, mais sa langue ressemble à un morceau de carton. Elle a la gorge si sèche qu'aucun son ne sort. Elle essaie ensuite de relever la tête, mais ne réussit pas à la soulever. Elle lui paraît peser des tonnes. Mélusine regarde

Amandine, les yeux pleins de panique. Son instructrice lui sourit. Mélusine s'aperçoit qu'elle a pleuré.

– Tout va bien, Mélusine, la rassure l'étrange petit monsieur. Mais vous devez vous reposer maintenant. Amandine vous donnera ce que je vous ai prescrit. Et rappelez-vous : plus de magie !

Mélusine sursaute. Pourquoi cet homme lui parle-t-il de magie ? Serait-il au courant de qui elle est ?

Amandine se lève en même temps que le petit monsieur.

– Merci, docteur, lui dit-elle. J'ai eu si peur. J'ai bien cru qu'elle ne reviendrait pas.

Le docteur sourit et pose sa main potelée sur l'épaule d'Amandine. C'est amusant, il est si petit qu'il doit presque se mettre sur la pointe des pieds pour y parvenir.

– Ne vous inquiétez plus, dit-il. C'est terminé. Mais je suis formel : plus aucune magie pendant deux semaines, sinon elle replongera.

– Mais, proteste Amandine. Je vous ai dit que Mélusine avait été privée de ses pouvoirs par mademoiselle Brune. Ce n'est pas possible...

Le docteur sourit de nouveau.

– Je suis sûr de ce que j'avance, reprend-il. Cette jeune fille a puisé dans ses réserves magiques au-delà du raisonnable.

Amandine fronce les sourcils. Elle ne comprend décidément rien. Ce que lui raconte le médecin est impossible, d'autant qu'elle a bien vu Mélusine essayer de claquer des doigts plusieurs fois pour vérifier que ses pouvoirs avaient bel et bien disparu.

Elle raccompagne le docteur à la porte.

– Je compte sur votre discrétion, docteur, lui souffle-t-elle, inquiète.

Il lui adresse un sourire rassurant.

– Je suis tenu au secret professionnel, répond-il simplement.

Amandine hoche la tête.

– Merci.

Elle ferme la porte doucement derrière lui, puis revient dans le salon.

– Tu m'as fait une telle frayeur, avoue-t-elle à Mélusine en s'asseyant à son côté. Quand je suis rentrée, tu étais allongée dans le canapé et tu ne réagissais plus. J'ai cru que tu étais morte. Heureusement que le docteur est arrivé presque aussitôt. C'est l'avantage du Samu, ajoute-t-elle en souriant. Nous savons gérer l'urgence.

Mélusine remue un peu pour essayer de trouver la position la plus confortable possible. Elle grimace de douleur quand sa tête heurte légèrement l'accoudoir du canapé.

– Attends, lui dit Amandine. Je vais t'aider.

La grande fée lui soulève délicatement la tête et glisse un oreiller dessous. Puis, elle attrape la baguette encore plantée dans les cheveux roux de Mélusine et la retire.

– Voilà, tu seras mieux comme cela. Cette grande pique en bois doit te transpercer le crâne.

Amandine s'apprête à poser la baguette sur la table basse du salon quand elle suspend son geste et regarde le morceau de bois fin d'un peu plus près.

– Mais, la reconnaît-elle aussitôt. C'est ma vieille baguette magique !

Elle se tourne vers Mélusine avec un air surpris.

– Je croyais que nous l'avions mise avec les choses à jeter. Tu l'as gardée ?

Mélusine ferme les yeux pour acquiescer.

Amandine observe sa baguette avec nostalgie.

– Ma foi, je te comprends. C'était une autre époque ! soupire-t-elle en mimant la jeune fée qu'elle était alors.

Elle prend la baguette dans sa main gauche comme elle en avait l'habitude et place machinalement son pouce sur la minuscule étoile. La réaction de la baguette ne se fait pas attendre : elle chauffe doucement comme si elle était devenue vivante. Amandine écarquille les yeux sous le coup de la surprise et regarde sa baguette avec attention. Aucun doute, elle fonctionne. Pour s'en assurer, Amandine l'agite et un bouquet de fleurs apparaît sur la table basse. Un autre petit mouvement du poignet, et voilà tout le salon instantanément rangé. Tous les cartons ont disparu ! Mélusine sourit malgré sa faiblesse : son instructrice a eu exactement la même idée qu'elle. Mais le sourire de Mèl s'efface aussitôt quand elle croise le regard d'Amandine, qui vient de comprendre quelque chose.

– Ne me dis pas que…

La chose lui paraît si énorme qu'Amandine en perd ses mots.

– Tu n'as pas…

Mèl n'a pas besoin de répondre, il suffit de la regarder pour comprendre. Son visage et son cou se couvrent de petites plaques rouges.

23

Au même moment

Monsieur Lamousse regarde dans le rétroviseur de sa voiture et sourit. Ses trois enfants somnolent à l'arrière. Il tourne rapidement la tête vers sa femme.

– Ils sont beaux, non ?

Madame Lamousse sourit à son tour.

– Oui, répond-elle simplement.

Son mari pose la main sur la sienne.

– Je suis heureux d'être en famille. Cela fait si longtemps que je n'ai pas pris de vacances. Un an presque, tu te rends compte.

Sa femme hoche la tête.

– Oui, c'était long. Les enfants sont ravis eux aussi que nous puissions enfin faire quelque chose tous ensemble.

– J'espère que le petit gîte que j'ai loué sera confortable.

Monsieur Lamousse consulte l'horloge de bord de la voiture.

– Nous arriverons dans deux heures, annonce-t-il.

– Veux-tu que je conduise ?

– Non, repose-toi.

Madame Lamousse pose sa tête contre le dossier de son siège et ferme les yeux. Son mari tient fermement le volant et regarde devant lui. Il aime quand toute sa famille dort alors qu'il conduit. Il a l'impression qu'ils s'en remettent à lui totalement, en toute confiance. Pour lui, c'est comme une preuve d'amour.

Soudain, un cheval surgit du bas-côté et traverse la route juste devant la voiture.

– Qu'est-ce que... ? hurle monsieur Lamousse en écrasant la pédale de frein.

La voiture pile violemment au milieu de la route. Dans le mouvement, tous les passagers sont projetés en avant, retenus par leur ceinture de sécurité. Les enfants se réveillent sur-le-champ et commencent à pleurer. Madame Lamousse a rouvert les yeux et regarde, effarée, devant elle.

Monsieur Lamousse se tourne vers l'arrière.

– Pardon, mes loulous ! J'ai dû freiner un peu fort. Tout va bien.

Les trois petits le regardent sans comprendre. Ils sont terrorisés, mais le visage de leur père avec son sourire de travers les rassure peu à peu. Les pleurs cessent vite.

– Que s'est-il passé ? lui demande sa femme dont le cœur bat à tout rompre.

– Un cheval a traversé la route juste devant la voiture. J'ai dû freiner pour l'éviter.

– Un cheval ? s'étonne sa femme en regardant partout autour d'elle. Mais les chevaux ne se promènent pas en liberté.

– Je t'assure. C'était un cheval marron.

Madame Lamousse passe la main sur la joue de son mari.

– Tu es sûr que tu ne t'es pas plutôt endormi. Nous roulons depuis un moment. Tu as besoin de t'arrêter un peu.

– Non, je suis parfaitement réveillé, répond monsieur Lamousse, un peu blessé par la remarque de sa femme. Je te promets qu'il s'agissait d'un cheval.

– Là ! crie alors l'un des trois petits à l'arrière. Papa, papa, regarde !

Toute la famille se tourne dans la direction indiquée par l'enfant. À moitié caché derrière un bosquet d'arbres, un magnifique cheval est debout dans un champ en contrebas de la route. Il est marron.

Monsieur Lamousse se tourne vers son épouse.

– Tu vois, lui dit-il.

– Comme il est beau ! s'exclame leur fillette de 7 ans. On dirait qu'il a une étoile blanche sur la tête.

– Bon, déclare monsieur Lamousse après un certain temps. Nous devons prévenir la gendarmerie. Ce cheval en liberté est très dangereux. Nous aurions pu avoir un accident...

Sa femme acquiesce et sort son téléphone portable de son sac. Son mari a raison : cet animal doit à tout prix être récupéré.

24

Fausse alerte

L'inspecteur Labérue saisit le dossier posé sur son bureau sur lequel il a inscrit le nom du propriétaire de Jubilé et tire un gros trait noir en travers de la couverture. Puis il écrit en lettres capitales : CLASSÉ.

– Tout ça pour ça, soupire-t-il.

Les trois collégiennes avaient raison : toute cette affaire n'est qu'une succession de coïncidences. Un cheval en tout point identique à celui de leur affiche s'est effectivement échappé le jour même où elles la collaient partout dans la rue. La concordance des événements est troublante, mais maintenant que le cheval en question a été retrouvé grâce au témoignage d'un couple d'automobilistes, il n'y a pas de raison de s'en préoccuper davantage.

Le téléphone se met à sonner.

– Inspecteur Labérue, se présente-t-il en décrochant.

La voix qu'il reconnaît aussitôt le fait grimacer.

– Gabriel Pinchon ! salue-t-il avec un entrain forcé. Je pensais justement à vous, ment le policier.

La presse ! Il l'a complètement oubliée. Elle risque de tourner son enquête en ridicule. S'il avait su que tout se terminerait si vite et de la sorte, l'inspecteur n'aurait pas accepté de renseigner le journaliste. Mais l'expérience lui a appris que la presse peut être d'une grande aide dans la résolution d'une enquête. Certes, elle est gênante, souvent même envahissante, mais le fait est que les gens se confient plus facilement à un journaliste qu'à un policier. Ils pensent sans doute que cela leur permettra de devenir célèbres. Les journalistes parviennent ainsi parfois à obtenir rapidement des informations que les policiers mettraient des jours à découvrir. Alors, c'est donnant, donnant.

– J'ai du nouveau pour vous, enchaîne l'inspecteur. Le cheval a été retrouvé. Il s'était échappé. L'enquête est close.

Un silence accueille ses propos. Gabriel Pinchon est sans doute en train de ruminer sa déception.

– L'autre cheval ? répète l'inspecteur après que le journaliste lui a posé une nouvelle question. Je l'ignore. Il ira sans doute à l'abattoir, comme prévu.

À l'autre bout du fil, Gabriel Pinchon n'a pas l'air satisfait de sa réponse.

– Écoutez, Gabriel, reprend le policier. Je me moque de ce… Jubilé ? J'ai d'autres préoccupations et je dois vous laisser. Au revoir.

La formule est un peu expéditive, mais le policier se moque bien du sort de ce cheval. Il a déjà bien assez le sentiment d'avoir perdu son temps avec cette affaire. Il est chargé de protéger et de défendre les hommes, pas les animaux.

Dans son bureau à l'autre bout de la ville, Gabriel Pinchon regarde son téléphone avec un sourire amer.

– Déjà, soupire-t-il. L'affaire est déjà classée !

Le cheval est retrouvé, la police passe à autre chose et lui n'a pas eu le temps d'écrire la série d'articles dont il rêvait. À peine a-t-il réussi à faire accepter un petit article à paraître dans l'édition du lendemain matin. Son rédacteur en chef attend quelque chose de plus fourni et de mieux renseigné pour lui accorder un titre en première page. Avec la tournure que prennent les choses, c'est mal parti.

Gabriel Pinchon se redresse : il ne va pas abandonner. Pas maintenant en tout cas. Si le cheval perdu est retrouvé, reste à sauver celui qui est menacé d'être abattu. Il faut avouer que c'est moins palpitant qu'une histoire d'enlèvement, mais il y a de quoi passionner encore ses lecteurs.

Le journaliste rassemble ses affaires, prend son carnet de notes, son appareil photo et jette son manteau sur ses épaules. Il va recentrer son article sur les trois collégiennes qui l'ont contacté. Avec un peu de chance, elles auront un témoignage intéressant à lui apporter. Pour cela, il a besoin de les rencontrer toutes pour connaître leur version de l'affaire, leurs motivations à sauver ce cheval et leurs idées pour y parvenir. Il lui faut recueillir aussi leurs impressions et prendre une ou deux photos d'elles. Sans photo, son article aura moins de poids. Il lui faudra aussi, d'ailleurs, une photo du vrai Jubilé pour émouvoir son lectorat.

25

Demande d'interview

Gabriel Pinchon baisse la tête quand la porte s'ouvre : l'apparition de la majestueuse Amandine l'impressionne.

– Madame Bouleau ? demande-t-il d'une voix mal assurée.

Amandine sursaute, étonnée.

– Non, répond-elle simplement.

– Je ne suis pas chez Mélusine Bouleau ? reprend le journaliste.

Le regard d'Amandine s'éclaire.

– Mélusine ? Oui, elle habite bien ici. Pardonnez-moi. Je suis sa tante.

Encouragé, Gabriel Pinchon tend la main.

– Enchanté, dit-il. Gabriel Pinchon. Mélusine est-elle ici ? J'aurais voulu lui poser quelques questions.

Amandine le dévisage d'un œil soupçonneux. Que leur reproche-t-on maintenant ?

– Vous êtes de la police ? demande-t-elle froidement.

L'homme sourit franchement.

– Non, pardonnez-moi. Je suis journaliste. J'ai voulu vous appeler avant de venir, mais...

Gabriel Pinchon ment : il a fait exprès d'arriver à l'improviste justement. C'est le meilleur moyen d'obtenir une interview quand bien même les gens ne le voudraient pas au départ.

– Journaliste ?

– Oui, je m'intéresse à cette histoire de cheval volé. Vous êtes certainement au courant. Une amie de votre fille, pardon de votre nièce, m'a appelé.

– Je l'ignorais. Mais je croyais que le cheval avait été retrouvé, note Amandine. La police a appelé pour nous annoncer la nouvelle.

– Effectivement. Il n'empêche que l'autre cheval, celui auquel votre nièce et ses amies se sont intéressées, est toujours menacé d'aller à l'abattoir.

Amandine frissonne. Comme les hommes peuvent être barbares parfois !

– J'ai décidé de poursuivre l'action que votre nièce et ses amies ont lancée et de les aider à sauver ce cheval.

– C'est tout à votre honneur mais en quoi Mélusine peut-elle vous être utile ?

– Je voudrais sensibiliser les lecteurs avec cette histoire et je pense que la mobilisation de trois collégiennes les touchera. Je voudrais recueillir le témoignage de votre nièce, lui demander pourquoi elle a voulu agir et prendre une photo d'elle.

Amandine fait la moue.

– Si vous êtes d'accord, bien sûr, se presse d'ajouter le journaliste comme pour excuser son audace.

– Là n'est pas le problème, déclare Amandine qui n'est pourtant pas du tout favorable à ce que le visage de Mèl s'étale à la une du journal local et attire ainsi toute l'attention sur elle. Mais ma nièce ne peut vous répondre. Elle est très malade et le médecin a dit qu'elle devait se reposer.

Gabriel Pinchon plisse les lèvres. Quel dommage ! Il est certain qu'avec la photo des trois amies son article n'en sera que meilleur.

– Je suis désolée, s'excuse Amandine en le poussant gentiment dehors.

– Amandine !

Une voix très faible provient de la pièce attenante à l'entrée.

– Amandine ! Laisse entrer ce monsieur.

Gabriel Pinchon s'arrête, plein d'espoir. Amandine se précipite à la porte du salon.

– Mèl, tu sais que le docteur t'a prescrit le plus strict repos.

Mèl lui sourit.

– Parler n'a jamais fatigué personne, dit-elle la voix un peu pâteuse. Laisse-le entrer. Je veux lui dire quelques mots si cela peut sauver Jubilé.

– Mais… proteste Amandine.

– Ne t'inquiète pas, la coupe Mèl avec un sourire. Je refuserai qu'il me prenne en photo. De toute façon, je suis affreuse !

Amandine la regarde sans oser rien dire. Certes Mèl a une petite mine, mais sa pâleur souligne ses traits fins et ses yeux verts brillants de fièvre.

– Bon, fléchit-elle.

Elle se tourne vers le journaliste resté sur le pas de la porte.

– Donnez-moi deux secondes ! lui lance-t-elle en disparaissant dans le salon.

D'un geste vif, Amandine attrape la baguette magique posée sur la table basse et la cache dans le tiroir d'une commode. Puis elle revient dans l'entrée.

– Mais pas de photo, prévient-elle. Et je reste avec vous. Si je vois que ma nièce se fatigue trop, vous partirez.

Dix minutes plus tard, Gabriel Pinchon quitte l'appartement, satisfait. Ce premier témoignage était intéressant même s'il n'a pas appris beaucoup de choses de plus que ce que lui avait dit Louise au téléphone. Il n'empêche que les mots de Mélusine, associés à ceux de Louise et de Chloé qu'il va aller interviewer de ce pas, toucheront très certainement les lecteurs. Le journaliste s'arrête un peu plus bas dans les escaliers de l'immeuble et sort son téléphone portable glissé dans la poche avant de sa chemise. Il presse un bouton et une photo de Mélusine s'affiche sur l'écran. Il a réussi à la prendre à son insu tandis qu'elle lui parlait. Même sa tante ne s'est rendu compte de rien.

Gabriel Pinchon détaille la photo avec attention. Certes la définition n'est pas la meilleure qui soit, mais elle suffira largement et il serait dommage de ne pas l'utiliser. Cette jeune fille a un physique si étrange qu'il ne manquera pas d'attirer l'attention sur son article. Le journaliste éteint son téléphone et repart, un sourire aux lèvres. Son rédacteur en chef sera content, c'est évident.

26

Tentation

Amandine regarde sa vieille baguette magique qu'elle vient de ressortir de son tiroir. Elle ne sait pas quoi penser. Dans sa main, elle la sent qui vibre et se recharge doucement après des années sans avoir servi. Elle comprend mieux maintenant l'origine de l'étrange mal de Mélusine : pour répondre aux sollicitudes de Mèl, sa baguette a puisé dans ses dernières miettes de magie puis dans les propres forces de la jeune fée. Le médecin avait raison : sa protégée a fait de la magie, envers et contre tout !

Sur le canapé à côté d'Amandine, Mélusine dort profondément. Après le départ de Gabriel Pinchon, elle a fermé les yeux et a sombré dans une semi-inconscience. Amandine l'observe, ses traits sont tirés, la faisant paraître plus fragile encore. Le cœur de la grande fée se serre : elle s'est attachée à Mèl depuis qu'elle lui a été confiée et même si elle enfreint sans cesse les règles du Samu, elle ne peut s'empêcher de vouloir la protéger malgré tout. Mèl est faite pour le Samu, Amandine en est certaine, elle doit simplement apprendre à se discipliner.

Amandine hésite sur la marche à suivre désormais. Une fois encore, sa jeune protégée la met dans une position très inconfortable. Si elle avertit mademoiselle Brune qu'elle est tombée malade, la directrice du Samu cherchera à se renseigner sur sa maladie, ne serait-ce que parce qu'elle sera inquiète. Et face à l'impressionnante fée, Amandine n'est pas sûre que le secret professionnel du bon docteur tienne bien longtemps. D'une façon ou d'une autre, la vérité éclatera. Alors, la carrière de Mélusine au Samu sera irrémédiablement terminée. Elle a déjà eu une seconde chance quand beaucoup auraient été renvoyées tout de suite, elle n'en aura pas une troisième. Si Amandine ne dit rien au contraire, elle sauve sans doute Mélusine mais c'est elle qu'elle met en danger. En désobéissant ouvertement, elle s'inscrit dans la lignée des fées rebelles du Samu, celles qui ont fait fi de la hiérarchie et ont agi à leur guise. Certaines s'en sont très bien sorties, d'autres moins. La Fouine est la plus tristement célèbre de ces fées-là.

Avant de devenir l'ennemie jurée de la petite communauté des fées, la Fouine s'appelait Opaline et elle était l'une des fées les plus ravissantes et les plus douées de sa génération. Hélas, Opaline tomba amoureuse d'un homme et cela précipita sa chute. Plutôt que de renoncer à son amour, ou à sa nature féerique, comme l'exigeait le règlement du Samu, Opaline s'obstina. Elle crut qu'elle pouvait être à la fois la fiancée d'un homme et une fée. Elle dit la vérité à celui qu'elle aimait et celui-ci en tomba gravement malade de chagrin. Si gravement, que rien ne pouvait le guérir. Une fois encore, Opaline décida qu'elle en était capable et elle fit l'impensable : elle joua les apprenties sorcières en essayant de guérir l'amour de sa vie grâce à sa magie. Ce fut un échec : l'homme mourut. Et Opaline fut chassée du Samu mais également de sa communauté, pour toujours. Depuis, elle cherche à se venger.

Amandine réfléchit : depuis l'arrivée de Mélusine au Samu, il lui semble que la jeune fée bénéficie d'une sorte de traitement de faveur. Mademoiselle Brune lui a déjà laissé passer plusieurs choses et malgré l'air sévère qu'elle affiche dès qu'elle évoque les bêtises de Mélusine, Amandine sent bien que la directrice du Samu n'est jamais tout à fait fâchée. Cette dernière semble avoir décelé chez Mélusine un potentiel important qu'elle veut préserver. Pour quoi faire ? Amandine l'ignore, mais plus le temps passe et plus elle en est persuadée. Si jamais elle rapporte le nouveau manquement à la règle de Mélusine, Amandine n'est pas certaine que mademoiselle Brune pourra éternellement défendre sa protégée. Elle devra alors prendre une décision qui lui déchirera sans doute le cœur et déjouera certainement tous ses plans.

Amandine tourne et retourne la baguette dans sa main. Il lui suffirait aussi de la briser en deux, de la jeter, de feindre l'ignorance si mademoiselle Brune s'inquiète de savoir comment Mélusine est tombée malade, et tout serait réglé. D'un autre côté, Amandine a du mal à se résoudre à détruire sa baguette au moment où elle découvre qu'elle fonctionne encore. Le fragile morceau de bois lui brûle les doigts. La magie la démange.

N'y tenant plus, Amandine place lentement la baguette magique au creux de sa paume et pose son pouce gauche sur la petite étoile. La baguette irradie immédiatement une douce chaleur. Elle ferme les yeux, frissonne de bien-être et…

Non ! Elle ne le fera pas ! Amandine jette sa vieille baguette à l'autre extrémité de la pièce. Le fin morceau de bois rebondit contre le mur, tombe par terre et roule sous un meuble.

Amandine reste assise sur le canapé un long moment, toute frémissante. Elle entend Mélusine qui respire calmement juste à côté d'elle.

– Je déciderai plus tard, se dit Amandine en se levant finalement. Plus tard, oui.

27

De la visite

– Louise ? Chloé ?

Amandine dévisage les deux amies de Mélusine debout sur le pas de la porte.

– Mais que faites-vous là ? leur demande la grande fée.

– Le journaliste venu nous interroger chez Louise nous a dit que Mèl était malade, explique Chloé, la mine inquiète. Nous sommes aussitôt venues prendre de ses nouvelles.

Amandine sourit et laisse entrer les deux jeunes filles. Elle qui espérait que Mélusine se repose, c'est raté. Mais elle n'a pas le cœur à renvoyer les deux meilleures amies de sa petite protégée.

Louise et Chloé entrent et regardent tout autour d'elle avec une curiosité non feinte. C'est la première fois qu'elles mettent les pieds chez Mélusine. D'ordinaire, elles se retrouvent toujours chez Louise (où Chloé passe le plus clair de son temps) lorsqu'elles ne sont pas au collège. Mèl a toujours fait des pieds et des mains pour que ses amies ne s'invitent pas chez elle. L'appartement est dans un tel désordre qu'elle craint d'éveiller leurs soupçons. Après plusieurs mois d'installation, Louise et Chloé ne comprendraient pas que les cartons gisent encore partout, à demi ouverts. Et Mèl n'aurait absolument aucune explication plausible à leur donner. Heureusement, Amandine a rangé l'appartement d'un coup de baguette magique quelques heures plus tôt et il n'a jamais été aussi propre.

– Waouh ! s'exclame Louise. Vous êtes vraiment bien installées.

– C'est joli, ces tableaux, ajoute Chloé poliment en découvrant les œuvres d'Amandine accrochées au mur.

Dans son enthousiasme à manier la baguette, Amandine a même pensé à la décoration.

– Merci, Chloé, dit-elle. Je suis contente que tu aimes. Mèl a plus de mal avec ma peinture, ajoute-t-elle, chagrinée.

À dire vrai, Chloé partage plutôt l'avis de Mélusine et elle a du mal à interpréter les amoncellements de taches multicolores qui couvrent chaque toile. Mais elle est trop prévenante pour dire ce qu'elle pense ou pour oser poser une question qui pourrait être mal interprétée. Quant à Louise, elle préfère ne pas se prononcer.

– Où est Mélusine ? demande-t-elle.

Amandine baisse la voix, se souvenant soudain que Mèl dort dans la pièce juste à côté.

– Elle dort dans le salon, dit-elle. Elle est vraiment fatiguée. Je préférerais que vous reveniez demain. Elle se sera reposée et ira sans doute beaucoup mieux.

Louise fait la moue.

– Dommage, dit-elle. Je voulais lui annoncer que mon premier article allait paraître dans le journal.

Amandine écarquille les yeux d'admiration.

– Vraiment ? s'exclame-t-elle. Toutes mes félicitations !

Louise rougit.

– Le journaliste qui est venu nous voir m'a dit qu'il allait reprendre mon article dans son prochain numéro.

Chloé la regarde en faisant de gros yeux.

– Enfin, précise Louise. Il va reprendre mon titre et peut-être une ou deux phrases.

– C'est merveilleux !

La voix de Mélusine, haute et claire, les surprend toutes les trois.

– Mélusine ? appelle Chloé en se penchant par la porte du salon. Tu es réveillée ?

– Oui, répond Mèl.

Elle se redresse doucement sur le canapé.

– Comment te sens-tu ? l'interroge tout de suite Chloé qui s'est précipitée vers elle.

Mèl lui adresse un sourire rassurant.

– Mieux, dit-elle simplement. Encore un peu fourbue, mais mieux. Les médicaments du médecin font leur effet.

– Quel est votre médecin ? s'enquiert Louise qui aime bien se mêler de tout.

– Euh… hésite Mélusine.

Amandine se racle la gorge et change aussitôt de sujet.

– Louise me disait qu'elle allait écrire son premier article de journal, lance-t-elle d'une voix un peu trop forte.

– J'ai entendu, oui, commente Mèl. C'est supercoquelicantieux !

Louise rit, cette promesse de célébrité la rend joyeuse.

– Tu as raison. C'est supercoquelicantieux !

– Mais figure-toi que Louise ne sera pas la seule vedette, ajoute Chloé. Nous serons toutes les trois en photo dans le journal.

Elle se redresse fièrement.

– Si avec ça le propriétaire ose encore envoyer Jubilé à l'abattoir, je n'y comprends plus rien.

– Toutes les trois ? répète Mèl.

Elle lance un regard interrogateur à Amandine.

– Tu te trompes, poursuit-elle en parlant à Chloé. Vous ne serez que toutes les deux. J'ai demandé au journaliste de ne pas me prendre en photo. Je suis affreuse en ce moment.

Chloé secoue la tête, victorieuse.

– Non, je t'assure. Il nous a même montré toutes ses photos. La tienne n'est pas mal du tout. Même malade, tu es jolie.

Amandine dévisage Mèl par-delà les têtes de ses amies. La jeune fée a pâli. Une photo à la une du journal… C'est la dernière chose qui doit arriver.

28

Personne !

– Monsieur Gabriel Pinchon, s'il vous plaît.

Amandine s'impatiente au téléphone. La secrétaire du journal n'arrête pas de lui dire que la ligne de Gabriel Pinchon est occupée. C'est sans doute la dixième fois qu'elle appelle depuis le départ de Louise et Chloé. À côté d'elle, Mèl se tord les doigts avec anxiété. Elle a bien conscience que cette photo dans le journal ne va pas arranger ses affaires. Mademoiselle Brune en entendra forcément parler par un agent quelconque. Elle s'intéressera de nouveau à Mélusine, apprendra sans doute qu'elle a été malade et découvrira le pot aux roses.

– Je rappelle, oui, dit Amandine. Mais dites-lui que Mélusine Bouleau a appelé, s'il vous plaît.

Amandine raccroche. Elle aussi mesure l'urgence de la situation. Il est inutile de compliquer les choses davantage.

Dix minutes plus tard, Amandine compose de nouveau le numéro du journal. Cette fois-ci, elle tombe sur le répondeur. Elle jette un œil sur l'horloge du salon enfin accrochée au mur.

– 18 h 05 ! lance-t-elle avec énervement. La secrétaire a quitté son poste, c'est certain. Il n'y a plus qu'à espérer qu'elle a bien transmis le message et à attendre que Gabriel Pinchon nous rappelle.

Son ton n'est pas très convaincu, elle n'a aucune confiance dans cet homme.

Après près d'une heure d'attente infructueuse, ses doutes sont confirmés : ce Gabriel Pinchon ne rappellera pas. Il est 19 heures passées et le journal doit être bouclé maintenant. Ce silence du journaliste est une sorte d'aveu de son forfait.

– Une photo ! s'indigne Amandine. Une photo ! Mais comment a-t-il fait ?

29

Quand il faut y aller…

Accroupie devant la commode du salon, Amandine essaie de rattraper sa baguette magique qui a glissé dessous. Lorsqu'elle la sent au bout de ses doigts, elle la ramène vers elle lentement.

– Enfin ! dit-elle en se relevant.

Lorsqu'elle aperçoit la baguette magique dans les mains de son instructrice, Mélusine s'affole.

– Tu n'y penses pas, lance-t-elle.

Amandine se tourne vers elle.

– Tu as une meilleure idée ?

– Laisse-moi faire alors, supplie Mèl. C'est à moi de réparer mes bêtises.

– Et risquer d'y laisser la vie, la coupe Amandine. Non, c'est à moi d'y aller.

Mélusine tente encore de la retenir.

– Tu n'es pas obligée. Pense avant tout à ta carrière au sein du Samu. C'est le plus important.

Amandine la regarde un instant, un voile triste dans les yeux.

– Je ne le crois pas, hélas, dit-elle simplement. Je suis sûre que tu es promise à un brillant avenir au Samu. Je ne veux pas priver notre célèbre institution d'un si précieux élément. J'ignore ce que mademoiselle Brune a dans la tête pour toi mais elle ne te traite pas comme les autres.

Elle ajoute, en souriant cette fois-ci :

– Elle a raison d'ailleurs, tu n'es pas comme les autres.

– Mais, proteste Mélusine.

– Je dois le faire et empêcher que tout ne se complique à cause de cette photo.

– Je vais dire la vérité.

Soudain, le visage d'Amandine se durcit.

– Je te l'interdis ! gronde-t-elle.

Elle se radoucit soudain.

– Je me suis déjà beaucoup compromise avec toi, explique-t-elle. Que tu révèles la vérité maintenant ne changera rien à ma situation. Quoi qu'il arrive, je serai sanctionnée.

Elle ajoute, avec une lueur de malice dans les yeux :

– À moins que personne ne se rende compte de rien.

Sur ces mots, elle agite sa baguette magique de la main gauche et disparaît avant même que Mélusine ait pu ajouter quelque chose.

Une fraction de seconde plus tard, quand Amandine réapparaît dans la grande salle de l'imprimerie, elle ne peut s'empêcher de regarder autour d'elle avec satisfaction. Cela fait très longtemps qu'elle n'a pas utilisé ce mode de transport et cela l'amuse malgré la gravité de la situation. Il est rare en effet que les agents du Samu disparaissent d'un endroit pour réapparaître à un autre. C'est trop peu discret. Cette fois-ci, pourtant, Amandine n'a pas eu le choix : il y a urgence !

Dans la grande salle de l'imprimerie, le bruit est assourdissant. Les machines marchent à plein régime, crachant des journaux à l'autre extrémité de la chaîne. Amandine s'avance prudemment pour ne pas se faire repérer. Tout à coup, deux hommes passent non loin d'elle. Amandine ne les a pas entendus venir à cause du bruit des machines. Elle s'aplatit contre une armoire dans un coin, le cœur battant. Elle réfléchit vite : si quelqu'un la voit, elle pourra difficilement expliquer sa présence ici. Au mieux, les hommes risquent de prévenir la sécurité et de la mettre dehors. Au pire, ils appelleront la police. En revanche si... Amandine n'hésite pas longtemps, elle agite de nouveau sa baguette qui la rend immédiatement invisible.

– C'est mieux, pense-t-elle, satisfaite.

Décidément, il est bon de pouvoir refaire de la magie sans contrainte. Dans la vie d'un agent du Samu, ce sont des instants trop rares. Si la situation n'était pas aussi critique, elle remercierait presque Mélusine de lui permettre de retrouver un peu de fantaisie et de liberté.

Devenue transparente, Amandine peut se déplacer tout à son aise dans la grande imprimerie. Après quelques tâtonnements, elle découvre le puissant ordinateur qui gère toutes les machines. Sur l'écran, la première page du journal du lendemain est affichée. « Sauvez Jubilé ! » titre l'un des principaux articles. Et sous le petit texte qui résume l'article à lire au cœur du journal, les photos de Louise, Chloé et Mèl s'étalent en gros plan. Il est impossible de ne pas les voir. Celle de Mèl surtout attire tout de suite l'attention à cause de son étrange pâleur et de ses magnifiques cheveux roux. Amandine se mord la lèvre : il ne faut absolument pas que cette photo paraisse. Elle est si troublante qu'elle ne pourra causer que du tort à Mélusine.

Un homme est assis derrière l'ordinateur. Même s'il somnole, il est difficile pour Amandine de modifier la photo à l'écran. L'homme risquerait de s'en apercevoir à un moment ou à un autre et d'arrêter l'impression. Il vaut mieux intervenir en bout de chaîne.

La grande fée se dirige tout au fond de l'imprimerie, là où des piles de journaux sont crachées par une machine. Sur tous, la photo de Mélusine saute aux yeux. Les piles de journaux sont ensuite chargées sur des palettes de bois et enveloppées de film. Amandine sourit : c'est là qu'elle doit agir.

Alors que personne ne la voit, Amandine se poste près d'une palette et la frappe de sa baguette. Instantanément, la photo de Mélusine se brouille sur la première page de tous les journaux entassés. On dirait qu'elle a été prise de très loin avec un vieil appareil peu performant. Les traits de la jeune fée sont méconnaissables.

– Parfait ! sourit Amandine. Je n'ai plus qu'à faire de même avec toutes les palettes.

Lorsque l'imprimerie retrouve enfin le silence, la nuit est déjà bien avancée. Amandine est exténuée. L'extrême concentration dont elle a dû faire preuve pour n'oublier aucune palette et le bruit infernal des machines lui ont donné mal à la tête. Mais la grande fée est satisfaite. Sa baguette ne lui a pas fait défaut et elle a pu réparer ce qui s'annonçait être une catastrophe.

« C'est Gabriel Pinchon qui va être étonné, demain », pense Amandine non sans satisfaction.

30

Premier tirage

Gabriel Pinchon a un sourire jusqu'aux oreilles quand il rentre chez lui. Il pose sur sa table d'entrée une liasse de journaux fraîchement imprimés. Il a récupéré les dix premiers imprimés avant qu'ils soient mis en palette. Il voulait voir le résultat avant tout le monde. Par orgueil, il a même pris le temps d'en glisser un dans la boîte aux lettres de son chef.

Gabriel Pinchon se précipite sur son répondeur pour écouter ses messages. La secrétaire du journal le rappelle car elle a oublié de lui faire une commission.

– Mélusine Bouleau a essayé de te joindre, Gabriel, dit-elle. Rappelle-la car elle a téléphoné plus de dix fois avant que tu partes. Ce doit être urgent.

Gabriel Pinchon a relevé un sourcil en écoutant le message. Pourquoi cette Mélusine voudrait-elle le joindre ? Elle paraissait si faible quand il est venu la voir. À moins que ses amies ne lui aient dit quelque chose pour la photo. Le journaliste sourit : il a bien fait de ne pas s'inquiéter plus tôt de ses messages. Il n'était pas question de renoncer à cette photo.

Le deuxième message a été laissé par son rédacteur en chef.

– Allô, Gabriel ? J'ai reçu votre exemplaire. Merci. Félicitations pour votre article. Il est parfait. Ma femme vient de le lire et elle n'a pas pu s'empêcher de verser sa larme. Bravo ! Figurez-vous qu'elle veut envoyer de l'argent au journal pour sauver le cheval. Jubilé va devenir une vraie star, grâce à vous. Et cette fille en première page, quelle beauté ! Il faut qu'elle fasse la une de notre journal plus souvent.

Le téléphone posé sur l'oreille pour écouter ses messages, Gabriel attrape d'une main l'un des journaux qu'il a rapportés de l'imprimerie. Il le déplie.

« Sauvez Jubilé, dit le petit résumé de première page. Accusées d'enlèvement alors qu'elles tentaient de sauver un cheval de l'abattoir, trois collégiennes ne se sont pas démontées et ont continué de mener le combat. »

Gabriel Pinchon sourit : il y est allé un peu fort exprès. C'est le meilleur moyen de captiver son lectorat. Si tous réagissent comme la femme du rédacteur en chef, c'est le succès assuré. La star ne sera pas Jubilé, ce sera lui !

Sous le texte, on ne voit que le visage de Mélusine. Il est surnaturel au milieu de la page. Son rédacteur en chef a raison. Gabriel Pinchon imagine sans peine l'effet que ce visage va avoir sur les lecteurs.

Les autres messages sont inintéressants : le club des collectionneurs de timbres l'invite à son assemblée générale et il est convié à une dégustation de saucisson. La routine. Rien à voir avec le sauvetage de Jubilé. Grâce à cette histoire, il va tenir encore au moins une ou deux semaines.

Gabriel Pinchon a tout prévu : il veut interviewer une association qui sauve les chevaux, un jockey pour connaître son avis sur les capacités réelles de Jubilé, faire le comptage des dons, donner des nouvelles des trois collégiennes, les prendre en photo avec le cheval, sauver le cheval, bien sûr, et s'en attirer tout le mérite... Le journaliste ne manque pas d'idées.

Lorsque Gabriel Pinchon se couche, il a encore le sourire aux lèvres. Il ferme les yeux et rêve déjà à un poste de rédacteur en chef ou de grand reporter... tout comme Louise, quelques rues plus loin, qui s'imagine elle aussi promise à une formidable carrière dans le monde de la presse. Et si cet article pouvait tout changer ? !

31

Trois semaines plus tard

Mèl n'est pas très rassurée. À califourchon sur le dos de Jubilé, elle se sent soudain si haute qu'elle en a presque le vertige.

– Allez, Mélusine, n'aie pas peur, l'encourage Chloé déjà installée sur un autre cheval. Jubilé est très doux, tu sais.

Mélusine est déjà montée à cheval, et très souvent même. Mais aujourd'hui, elle a l'impression d'avoir tout oublié et de n'être plus qu'une débutante. Elle manque d'assurance. Il faut dire que c'est l'une de ses premières vraies sorties depuis son étrange maladie. Pendant presque trois semaines, elle est restée chez elle sans rien faire, dormant la plupart du temps. Elle qui craignait de s'ennuyer durant son mois de punition ne l'a presque pas vu passer, finalement. Elle était si épuisée qu'elle n'aurait rien pu faire de toute façon.

Durant sa longue convalescence, Amandine l'a veillée patiemment, s'absentant de temps en temps pour aller coiffer une vieille dame à domicile et revenant toujours avec des nouvelles fraîches de Jubilé. Car l'article de Gabriel Pinchon a eu son petit effet à Baillon. Les amoureux des bêtes se sont révélés nombreux et beaucoup de personnes se sont mobilisées pour sauver Jubilé. Chacun a donné un peu d'argent, de temps ou des idées pour permettre au cheval d'échapper à l'abattoir. Son propriétaire a été tellement assailli de demandes de rachat, de lettres d'injures ou de visites militantes, qu'il a rapidement abandonné son projet et accepté de vendre le cheval à un club équestre du coin. C'est ainsi que Jubilé a commencé une nouvelle vie et connu un grand succès auprès de tous. Car le plus célèbre dans l'histoire n'a été ni Gabriel Pinchon, ni Louise, ainsi que tous les deux l'espéraient. C'est bien Jubilé qui leur a volé la vedette à tous et qui attire aujourd'hui bon nombre de cavaliers en herbe dans le club où il vit désormais.

L'heure de gloire de Gabriel Pinchon a été d'assez courte durée en définitive. La série d'articles qu'il envisageait n'a pas vu le jour. Son rédacteur en chef a vite coupé court à l'aventure quand il a vu que le standard croulait sous les appels téléphoniques et qu'il devait ouvrir une seconde ligne pour faire face. Toute cette histoire a engendré des frais qu'il n'avait pas prévus. Sans compter que la photo floue sur tous les journaux mis en vente l'a mis dans une colère effroyable. Sa première page était gâchée.

Gabriel Pinchon n'a jamais compris ce qui s'était passé. Quand il a vu le journal ainsi dégradé dans les maisons de presse, il en aurait pleuré de rage. Ensuite, il s'est persuadé que quelqu'un complotait pour ruiner sa carrière. Depuis, il se méfie de tout et le soir, il contemple tristement les quelques exemplaires parfaits de son journal où le visage de Mélusine irradie. Il lui arrive parfois de la regarder intensément et de se demander si elle n'est pas une sorcière ou une sorte d'être maléfique chargé de lui rendre la vie impossible. Il s'est promis de mener un jour l'enquête à son sujet. Mais plus tard, quand il aura retrouvé son allant journalistique. Pour le moment, il travaille sans enthousiasme et sans plus d'ambition. Il a appris à ses dépens que l'on ne se joue pas si facilement des agents du Samu.

Louise, quant à elle, a savouré de lire le titre de son article en première page du journal. « Sauvez Jubilé ! » Cela a suffi à la réjouir. Certes, Gabriel Pinchon n'a pas repris le mot « lantiponner », mais il a gardé son titre et, « dans un article, le titre est la clé de tout », aime-t-elle répéter depuis. Chloé partage la fierté de son amie, mais pour d'autres raisons. Elle est heureuse d'avoir pu sauver Jubilé et elle cherche un moyen de faire mieux connaître Cœur de Véto. Elle reste persuadée que leur petite association est promise à un bel avenir, ce dont Louise et Mèl sont moins sûres. Mais qu'importe, c'est un bon moyen de passer le temps et de se retrouver au cœur d'incroyables péripéties.

Mademoiselle Brune ne s'est pas manifestée durant ces trois dernières semaines. Amandine pense que c'est bon signe et qu'il faut y voir l'assurance que leur nouvelle bêtise n'a pas été repérée. La grande fée a eu très peur les premiers jours et puis, petit à petit, elle s'est persuadée que la tempête était passée.

Avec Mélusine, elles n'ont jamais reparlé des derniers événements, ni même de la baguette magique qui a disparu sans que Mèl sache où. Elle soupçonne Amandine de l'avoir gardée dans un coin, mais elle se gardera bien de le lui demander. Elle a compris la leçon. Les deux fées sont plus que jamais liées désormais. Elles partagent le même lourd secret mais elles ne l'évoquent pas. Il est là, c'est tout.

Dans quatre jours exactement, mademoiselle Brune doit leur rendre leur magie, et leur vie au Samu pourra reprendre comme si de rien n'était. Mélusine a hâte de retourner voir madame Violette dans son restaurant *Au Plat unique* et de lui demander une nouvelle mission. Elle rêve de pouvoir de nouveau aider les autres d'un simple claquement de doigts. Amandine aussi.

– Allez, Mèl, on y va ! lance Louise.

Mèl se redresse, saisit les rênes fermement et talonne son cheval. Jubilé, docile, obéit. Il marche au pas puis, après quelques mètres, il se lance au trot et enfin au galop. Mélusine respire un grand coup. C'est bon d'être guérie et de sentir le vent frais caresser son visage. La jeune fée regarde droit devant elle.

– Où va-t-on ? demande Chloé.

– Je ne sais pas, répond Mélusine comme pour elle-même.

Elle n'en sait rien, en effet. À cet instant, la jeune fée repense aux propos étranges d'Amandine quelques semaines auparavant. Quel avenir mademoiselle Brune lui réserve-t-elle au sein du Samu ?

32

Le Grand Conseil

Mademoiselle Brune n'a pas l'habitude de réunir le Grand Conseil des Fées mais cette fois-ci, l'affaire est importante. Elle a besoin de l'avis de ses consœurs pour prendre sa décision. Toutes les personnes les plus influentes de la petite communauté des fées sont présentes, même la reine est là.

– Votre Majesté, commence par saluer mademoiselle Brune. Chères amies. Je vous remercie d'être venues si nombreuses. Vous savez comme moi que notre bonne madame Violette, la propriétaire du restaurant *Au Plat unique*, fêtera bientôt ses 964 ans ! Elle m'a demandé la permission de s'arrêter et de prendre sa retraite. Nous devons lui trouver une remplaçante.

Toutes les fées hochent la tête en même temps.

– Hélas, poursuit la directrice du Samu. Madame Violette est irremplaçable. Nous le savons toutes. Elle n'a pas sa pareille pour écouter les autres, déceler leurs problèmes, dire les mots qu'ils attendent… Je pense pourtant avoir trouvé une candidate qui lui ressemble. Seulement, il y a un problème.

– Lequel ? demande la reine des fées.

– Elle n'en fait qu'à sa tête, avoue mademoiselle Brune. Mélusine n'a intégré le Samu que depuis peu et elle a déjà transgressé les règles plusieurs fois.

Un murmure indigné s'élève autour de la table.

– Souvenez-vous de la Fouine, avertit la reine. Elle non plus ne respectait pas les règles.

– Je ne l'ignore pas, Votre Majesté, dit mademoiselle Brune. Néanmoins, la Fouine a transgressé les règles dans son propre intérêt. Elle ne voulait renoncer à rien. Mélusine est différente.

– En quoi ?

– Elle n'agit jamais pour elle-même mais toujours pour les autres.

Un long silence accueille les propos de la directrice du Samu. C'est la reine qui le brise la première.

– Et quel âge a cette Mélusine ?

– 112 ans, Votre Majesté. Enfin... 117 dans quelques mois.

– 112 ans ! Mais c'est beaucoup trop jeune. Elle ne peut absolument pas tenir un restaurant à...

La reine claque la langue, agacée. Elle n'a jamais aimé les mathématiques.

– 12 ans et demi pour les hommes, lui vient en aide mademoiselle Brune.

– Vous rendez-vous compte de ce que vous dites ?

– Oui, Votre Majesté. Et c'est bien pour cela que j'ai besoin de votre avis et de vos conseils. Je pense que nous pouvons mettre Mélusine à l'essai, continue-t-elle. Madame Violette est prête à la prendre sous son aile pour la former, même si cela prend du temps.

– Madame Violette est déjà au courant ? s'étonne la reine.

– Oui, Votre Majesté. Elle partage mon avis. Mélusine est déjà venue travailler dans son restaurant. Madame Violette l'a trouvée parfaite.

Mademoiselle Brune se tait. Les fées du Grand Conseil la dévisagent intensément. Certaines affichent un air sévère, d'autres lui sourient avec bienveillance. Il est difficile de savoir ce que chacune pense.

– Vous semblez sûre de vous, dit finalement la reine.

Mademoiselle Brune baisse la tête.

– Je ne suis sûre de rien, Votre Majesté, avoue-t-elle. C'est bien pour cela que je sollicite votre avis. Mélusine a des qualités exceptionnelles, mais aussi de nombreux défauts. La choisir n'est pas sans risque, je le sais. Pour ma part, je suis prête à l'assumer. Mais vous ?

– L'avenir de notre communauté dépend peut-être de votre choix, déclare une vieille fée.

– Effectivement, oui, admet la directrice du Samu.

– N'avez-vous aucune autre candidate ?

– Pour le moment, non.

– Madame Violette ne peut-elle rester encore un peu ?

– Le temps de former sa remplaçante, oui. Mais elle se fatigue vite.

– Et cette Mélusine ? A-t-elle déjà échoué dans une de ses missions ?

– Jamais.

– Même en désobéissant ?

– Tout à fait.

– La Fouine la connaît-elle ? interroge une autre.

– Elle la suit de près, j'en suis persuadée, répond mademoiselle Brune. Sur trois missions, la Fouine a interféré trois fois. En vain, ajoute-t-elle avec un sourire.

– Mmm, réfléchissent les fées.

– Ne pourrait-on pas lui adjoindre une autre fée plus expérimentée ? suggère alors quelqu'un.

– Que voulez-vous dire ? lui demande la reine.

– À 112 ans, ou même à 117, elle ne peut gérer un restaurant toute seule. De plus, les hommes ne l'accepteront jamais. Si une fée plus âgée la seconde…

– Et veille à ce qu'elle ne fasse pas de bêtises… renchérit une autre fée.

– Elle pourrait remplacer madame Violette.

La reine hoche la tête.

– C'est une très bonne idée, dit-elle. Qu'en pensez-vous, mademoiselle Brune ?

La directrice du Samu sourit. Cela lui plaît en effet. De plus, elle pense avoir la bonne personne sous la main.

– Connaîtriez-vous une fée qui pourrait faire l'affaire ? la questionne la reine.

– Oui, Votre Majesté. Amandine, son instructrice. L'un de nos meilleurs agents et…

Elle hésite une seconde.

– D'une totale obéissance !

La reine des fées s'enfonce dans son fauteuil avec satisfaction.

– Parfait ! s'exclame-t-elle. Envoyons-les un temps *Au Plat unique* pour voir comment elles s'en sortent toutes les deux avant de prendre notre décision définitive.

Sur ces mots la reine des fées se lève et quitte la salle. Le Grand Conseil est terminé. Désormais c'est à mademoiselle Brune d'œuvrer.

Table des matières

EXTRAIT
Les Demoiselles chéries
Les Protégés du Roi-Soleil
Sophie de Mullenheim
Fleurus
Illustration d'Ariane Delrieu

1

La lettre du roi

Pierre-Louis de La Jorsonnière lut la lettre que sa fille venait de lui apporter et manqua la froisser et la jeter au loin.

« C'est insensé ! » tonna-t-il en la parcourant de nouveau pour être sûr de ne s'être pas trompé.

Mais cette nouvelle lecture ne l'apaisa pas, au contraire.

« Comment le roi peut-il me demander cela ? »

Mathilde, qui observait son père, tressaillit. Elle ne l'avait jamais vu contester les ordres du roi Louis XIV. Il vouait une admiration sans bornes à son souverain et lui était d'une extrême fidélité.

Pierre-Louis de La Jorsonnière se mit à faire les cent pas.

« J'ai promis à mes hommes une vraie campagne en mer. Que vont-ils dire ? Le roi ne peut exiger cela de moi. Déjà, Venise…[1] »

Il parlait tout haut comme s'il avait été seul dans sa cabine. La question de Mathilde l'arrêta net.

---

1. Lire *La Prisonnière de Venise.*

« Que se passe-t-il, père ? »

Sa voix était inquiète. Il était si rare de voir son père dans cet état. Pierre-Louis de La Jorsonnière, corsaire du roi Louis XIV, était en effet réputé pour son grand calme et sa parfaite maîtrise de soi, même dans les situations les plus périlleuses. C'était d'ailleurs ce qui faisait sa force. Au combat, il ne s'affolait jamais et parvenait à garder la tête suffisamment froide pour prendre les justes décisions.

Il regarda sa fille avec tendresse.

« Rassurez-vous, Mathilde, lui dit-il en retrouvant une voix plus douce.

– Il n'y a rien de grave ?

– Non. Le roi me demande simplement un service qui m'embarrasse fort. »

Il s'arrêta quelques secondes, sa voix était encore vibrante de colère.

« Hélas, les ordres de Sa Majesté sont tout-puissants, poursuivit-il. Je ne peux refuser. »

Il marqua une pause et reprit avec une pointe d'ironie :

« Je devrais même être flatté qu'il m'ait choisi.

– De quoi s'agit-il ? l'interrogea Mathilde.

– Il veut que nous amenions madame de Collange avec nous jusqu'à la Martinique. »

De surprise, Mathilde écarquilla ses beaux yeux marron.

« Madame de Collange ? répéta-t-elle.

– Oui, acquiesça son père. La propre parente du roi. Elle veut retourner dans son domaine de la Martinique. Son mari est mort il y a peu de temps. Je crois vous en avoir déjà parlé. »

Mathilde hocha la tête. Elle avait vu madame de Collange lors de son premier bal à Versailles. La jeune femme, habillée tout en noir, l'avait fortement impressionnée alors. Elle paraissait si austère et si lointaine au milieu de l'agitation et du luxe de la cour que Mathilde l'avait tout de suite remarquée. Quand elle avait interrogé son père à son sujet, il lui avait raconté que son époux venait d'être tué lors d'une mission dont le roi l'avait chargé. Personne ne savait ce qu'il s'était passé, mais le roi avait immédiatement pris la jeune femme sous sa protection.

« Mais notre voyage risque d'être dangereux », releva Mathilde que la requête de Louis XIV intriguait.

Son père eut un sourire amer.

« Le roi semble avoir oublié que le *Roy-Louis* est un navire corsaire, plus habitué à courser les navires ennemis qu'à transporter des passagers, dit-il.

– N'y a-t-il pas d'autres bateaux que le vôtre en partance pour la mer des Caraïbes ?

– Sans doute, oui.

– Pourquoi le *Roy-Louis* alors ? » s'étonna Mathilde.

Pierre-Louis de La Jorsonnière agita la lettre avec le cachet royal sous les yeux de sa fille et lui en lut un passage.

« Monsieur, vous êtes mon meilleur capitaine corsaire et je sais qu'en vous confiant madame de Collange, il ne pourra rien lui arriver de mal. Elle est ma protégée depuis la mort tragique de son mari, ne l'oubliez pas. Je ne tolérerai pas qu'il lui arrive malheur… »

Le ton de la lettre était flatteur et menaçant à la fois. Mathilde frissonna. Elle savait que ceux que le roi appréciait un jour pouvaient tomber en disgrâce le lendemain pour peu qu'ils lui aient désobéi. Vingt ans après, tout le monde à la cour avait encore en tête la condamnation du surintendant des finances du roi, Nicolas Fouquet. Parce qu'il était devenu trop puissant, il avait déplu à Louis XIV qui l'avait fait emprisonner séance tenante.

Le capitaine de La Jorsonnière releva la tête et regarda sa fille.

« N'est-ce pas là une belle preuve de confiance et un compliment sous la plume du roi ? » lança-t-il sans joie.

Mathilde grimaça. Elle n'osait pas dire ce qu'elle pensait vraiment, persuadée que de toute façon son père partageait son avis. Il poursuivit, en effet, comme s'il avait lu dans ses pensées.

« Cet honneur que le roi me fait est un cadeau empoisonné, avoua-t-il. Nous ne pourrons pas aborder de navires ennemis cette fois-ci. Nous devrons nous contenter de naviguer sagement jusqu'à la Martinique. »

Mathilde soupira. Elle comprenait la déception de son père. Il rêvait de remplir les cales de son bateau de richesses volées à l'ennemi pour les offrir au Roi-Soleil. Ses matelots également d'ailleurs. Leur dernière mission jusqu'à Venise avait été paisible elle aussi, trop paisible pour ces hommes d'action. Chacun voulait en découdre avec l'adversaire cette fois-ci ; ils risquaient de prendre la nouvelle avec colère.

Pierre-Louis de La Jorsonnière soupira à son tour.

« Un ordre de Sa Majesté ne se discute pas », souffla-t-il, résigné.

Il regarda la mine déconfite de sa fille et sourit. Elle était ravissante lorsqu'elle faisait la grimace. Son nez couvert de taches de rousseur se retroussait joliment et lui rappelait sa défunte femme.

« Au moins, vous pourrez continuer de vous familiariser avec les usages de la cour, dit-il d'un air faussement enjoué. Je suis certain que madame de Collange se fera un plaisir de parfaire votre éducation en matière de bonnes manières et de mode. Nous manquons cruellement de femmes à bord », ajouta-t-il avec malice.

Mathilde le foudroya du regard. Depuis quelque temps, son père ne cessait de lui parler de bonne éducation et de jolies toilettes, prétextant que la vie de corsaire n'était pas faite pour une jeune fille de son rang et de son âge. Certes, Mathilde appréciait les belles robes et les parures, d'autant plus qu'elle avait peu souvent l'occasion d'en porter, mais elle leur préférait de loin sa liberté à bord du *Roy-Louis*. Elle ne se sentait jamais si bien que quand elle enfilait ses hauts-de-chausses, ses bottes et sa longue veste grise. Alors, elle était libre de ses mouvements et pouvait aller et venir à bord, grimper dans les cordages et participer aux manœuvres avec l'équipage. Depuis qu'elle avait 3 ans, juste après la mort de sa maman, Mathilde passait presque tout son temps sur le magnifique bateau. C'était son domaine, sa maison.

« Ne comptez pas sur moi pour servir de dame de compagnie à cette madame de Collange », lança-t-elle avec du défi dans la voix.

2

Mauvaise surprise

Le capitaine de La Jorsonnière affronta la colère de son équipage avec courage. Ses hommes étaient furieux : ce changement de programme les obligeait à renoncer à une nouvelle campagne en mer et à tous les avantages qui en découlaient. Les corsaires avaient pour coutume en effet de se partager le butin après chaque abordage réussi. La plus grande part revenait au roi Louis XIV bien entendu, mais le reste était distribué entre les hommes et leur capitaine. Cette récompense leur permettait d'accepter les dangers de la mer et les longues périodes de séparation d'avec leur famille. Beaucoup de marins mettaient de côté ce trésor patiemment gagné pour s'arrêter un jour, s'acheter quelques terres et vivre sous le soleil des îles. Afin de calmer les esprits échauffés et les quelques hommes qui menaçaient d'aller s'enrôler à bord d'un autre navire, Pierre-Louis de La Jorsonnière dut leur promettre une part plus importante du butin dès qu'ils pourraient reprendre leur activité de corsaires. Peu à peu, la tension à bord se calma, la nouvelle fut digérée et les hommes se résignèrent, le capitaine en tête, à faire un long voyage sans surprise jusqu'à l'île de la Martinique.

Ils se trompaient tous.

Les surprises commencèrent dès le lendemain de la réception du courrier du roi, avec l'arrivée à bord de madame de Collange…

Ce ne fut pas un, mais quatre passagers que Pierre-Louis de La Jorsonnière et tous ses hommes virent débarquer à bord de leur navire dans la journée qui suivit. Madame de Collange n'était pas seule, en effet ! Ce que la lettre de Louis XIV oubliait de préciser, c'était que sa lointaine cousine voyageait accompagnée de ses deux fils et de leur gouvernante. Le célèbre bateau corsaire n'était donc plus simplement un transport de voyageurs, mais également une nursery ! Car aussitôt sur le pont, les deux petits garçons donnèrent le ton, courant partout et criant à tout-va.

« Léonce ! Séverin ! les rappela à l'ordre madame de Collange d'un ton sec. Venez saluer le capitaine. »

Les deux enfants s'avancèrent, nullement impressionnés par l'allure du capitaine et son uniforme de corsaire du roi. Ils se mirent au garde-à-vous, un brin moqueurs.

« Séverin de Collange », se présenta le premier en claquant les talons un peu trop bruyamment.

Le second salua à son tour.

« Léonce de Collange », dit-il.

Une toux discrète dans leur dos les fit se retourner légèrement. La jeune fille blonde qui se tenait derrière eux ouvrait de gros yeux sévères.

« Pardon, capitaine, dit le premier un peu penaud. Je suis Léonce de Collange et voici Séverin », ajouta-t-il en désignant son frère.

La jeune fille hocha la tête, satisfaite.

« Séverin ! Léonce ! Cessez ce jeu idiot ! » dit leur mère.

Les deux enfants baissèrent la tête, sans rien dire. Leurs petites épaules s'affaissèrent.

« Pardonnez-leur, reprit vivement madame de Collange à l'adresse du capitaine. Se faire passer l'un pour l'autre est leur jeu favori depuis qu'ils sont tout petits. »

La ressemblance entre les jumeaux était frappante, en effet : mêmes cheveux noirs, raides et très drus, mêmes yeux ronds d'un bleu très clair, même nez un peu épaté, même taille, même silhouette.

« Ils doivent avoir 7 ans », pensa Mathilde qui les observait depuis leur arrivée et tentait sans succès de découvrir une différence entre eux qui lui permettrait de les distinguer.

Une fois les présentations faites et après un signe de leur mère, les deux enfants repartirent en courant pour explorer le navire. La jeune fille blonde les suivit aussitôt pour les surveiller. Leur joie de vivre bruyante tranchait avec la froideur de leur mère. Madame de Collange n'avait pas souri une seule fois depuis son arrivée. Même lorsque le capitaine lui baisa la main pour l'accueillir, son visage resta impénétrable et dur. Elle était très jolie malgré tout. Sa chevelure aussi noire et épaisse que celle de ses garçons tranchait avec sa peau d'une blancheur exquise. Ses yeux noirs étaient ourlés de longs cils, sa bouche était bien dessinée, son nez droit, ses oreilles menues. Elle était plutôt grande et mince. Non, assurément, sans son air sévère, elle aurait été tout à fait charmante.

« Suzanne s'occupera des garçons pendant la traversée, dit-elle avec autorité. Je souhaite que sa chambre et celle de mes fils soient contiguës. Je veux qu'elle puisse être à côté d'eux très vite s'ils la réclament. »

Mathilde sourit malgré elle en entendant madame de Collange parler de chambre comme si elle s'installait dans ses nouveaux appartements. Certes le *Roy-Louis* était un navire confortable et spacieux, mais il n'en restait pas moins un bateau. En fait de chambres, on y dormait dans des cabines qui étaient agréables, mais en nombre limité. On était loin du luxe du château de Versailles ou d'une quelconque demeure de grand seigneur du royaume.

« Nous installerons votre gouvernante dans la même cabine que vos enfants, ce sera plus pratique », répondit le capitaine qui avait dû immédiatement repenser à la distribution des cabines en voyant débarquer de nouveaux passagers.

Madame de Collange le dévisagea un court instant puis lâcha, hautaine.

« C'est impossible ! Mes fils ne peuvent partager leur chambre avec Suzanne. Ils ne l'ont jamais fait d'ailleurs, pas plus qu'avec la mère de Suzanne qui fut leur nourrice. Depuis leur naissance, Séverin et Léonce sont seuls dans leur chambre. Mon mari l'exigeait. »

Sa voix se fêla légèrement.

« Il voulait qu'ils s'endurcissent, ajouta-t-elle en maîtrisant son émotion. Je souhaite que les choses ne changent pas.

– C'est que, madame, s'excusa le capitaine, nous ignorions que vous étiez accompagnée. Le *Roy-Louis* ne compte... »

Madame de Collange le coupa.

« Mon cousin le roi m'a dit que vous étiez un homme de confiance. Que je pouvais m'en remettre à vous sans inquiétude, ajouta-t-elle avec une voix où l'on entendait poindre la lassitude. Arrangez-vous ! »

3

Suzanne

Lorsqu'elle entra dans la cabine de Mathilde, Suzanne baissa la tête. Elle était affreusement gênée.

« Pardonnez-moi, mademoiselle, s'excusa-t-elle. Je n'ai pas voulu cela. Je vous promets de me faire la plus discrète possible et de ne pas vous importuner. Je comprends que cette situation vous déplaise. »

Mathilde pestait, en effet : elle allait devoir partager sa cabine avec une inconnue durant tout le voyage. Décidément, le service que le roi Louis XIV avait demandé à son capitaine corsaire embarrassait tout le monde. Et encore, Mathilde pouvait s'estimer heureuse : elle conservait sa cabine. Elle devait sans doute ce privilège au fait qu'elle était une fille. Paul de Quintaine, le second du *Roy-Louis*, avait moins de chance qu'elle puisqu'il devait céder sa cabine aux deux turbulents petits garçons de madame de Collange. Durant trois mois, il irait dormir avec les hommes d'équipage à l'entrepont. Paul était un très brave jeune homme. Il avait pris avec le sourire la décision de son capitaine de le déloger provisoirement, il n'empêche qu'il quittait le confort de sa cabine pour un hamac suspendu entre deux poutres. Seule l'installation de madame de Collange n'avait rien bouleversé : la parente du roi occuperait la cabine réservée aux « invités » de marque, celle dans laquelle les illustres prisonniers du *Roy-Louis* étaient habituellement retenus dans l'attente du paiement d'une rançon conséquente. C'était une vaste pièce, joliment meublée et fort confortable car la marine française n'avait pas pour habitude de mal traiter ses prisonniers d'importance.

Mathilde observa Suzanne à la dérobée tandis qu'elle installait ses affaires en essayant de prendre le moins de place possible. L'opération n'était d'ailleurs pas très compliquée puisque la gouvernante voyageait léger, à l'inverse de sa maîtresse pour laquelle on avait fait monter à bord un nombre incalculable de malles.

Suzanne devait avoir seulement quelques années de plus que Mathilde. En tout cas, elle avait la même taille qu'elle bien qu'elle fût un peu plus ronde, mais sans excès. Son visage était très avenant et ses yeux bleus en amande semblaient sourire tout le temps. Elle avait le teint rose et frais, des traits réguliers et aimables. Mathilde dut reconnaître qu'elle ne semblait rien avoir en commun avec sa sévère maîtresse, et cela la rassura.

Soudain, quelqu'un frappa à la porte de la cabine.

« Entrez ! » répondit Mathilde.

Deux matelots arrivèrent, portant une grosse malle à bout de bras.

« Oui ? leur demanda Mathilde.

– C'est pour mademoiselle Suzanne », souffla l'un des marins en posant le lourd bagage à terre.

Suzanne s'avança et lui sourit.

« Il y a erreur, lui dit-elle gentiment. Ce bagage n'est pas à moi, mais aux enfants. Je n'ai rien d'aussi imposant.

– Madame de Collange nous a dit de porter cela dans votre cabine, s'excusa-t-il. Elle ne souhaite pas que cela encombre celle de ses enfants. »

Suzanne rougit violemment et baissa la tête sans oser regarder Mathilde.

« Bien, bredouilla-t-elle. Laissez cela ici. »

Elle leur indiqua l'angle de la cabine où elle avait l'intention de disposer le matelas qui lui servirait de lit. Les deux matelots attrapèrent les poignées de la malle et la portèrent jusqu'à l'endroit indiqué.

« Merci, murmura Suzanne sans relever la tête tandis qu'ils repartaient. Je... Je suis désolée, bafouilla-t-elle alors à l'intention de Mathilde. Je vais en parler à madame de Collange. »

La pauvre avait les larmes aux yeux. Mathilde eut pitié d'elle. Elle en voulut à madame de Collange d'agir de la sorte sans se soucier des autres.

« Ne vous inquiétez pas, la rassura-t-elle. Cette malle ne nous gênera pas. La cabine est assez grande pour nous deux et pour une malle », ajouta-t-elle avec humour.

Suzanne releva la tête, les yeux brillants.

« Je m'appelle Mathilde, enchaîna la fille du corsaire pour passer à autre chose. Si nous devons partager la même cabine durant plusieurs semaines, autant nous entendre bien tout de suite », ajouta-t-elle avec un sourire.

Le visage de Suzanne s'illumina.

« Je m'appelle Suzanne », dit-elle à son tour.

Puis, agitant la main comme pour effacer ce qu'elle venait de dire, elle reprit avec un petit rire.

« Je suis bête, vous le savez déjà ! »

Elle regarda de nouveau la malle.

« Vous êtes sûre qu'elle ne vous gênera pas ? » demanda-t-elle.

Mathilde secoua la tête.

« Merci, made… Mathilde, hésita-t-elle. Madame de Collange est si… »

Elle s'arrêta pour chercher ses mots.

« Madame est si différente depuis la mort de son mari. »

Mathilde sourit.

« Vous voulez dire qu'elle fut aimable jadis ? » demanda-t-elle avec ironie.

Suzanne s'anima.

« Oh oui, mademoiselle ! Elle était si heureuse… »

Elle s'arrêta, un sanglot dans la voix.

« La mort de Monsieur l'a brisée. Elle s'est refermée sur elle-même. Elle est devenue froide et distante avec tout le monde, même avec ses fils. On dirait qu'elle a peur de s'attacher de nouveau à quelqu'un. Comme si elle ne voulait plus souff… »

Un hurlement en provenance du pont couvrit la fin de sa phrase.

« Léonce ! » cria-t-elle en bondissant hors de la cabine.

4

Première alerte

Suzanne et Mathilde trouvèrent le petit garçon en larmes dans les bras d'un matelot. Aux pieds de l'homme d'équipage, Séverin hurlait encore, les yeux agrandis de terreur. Suzanne se précipita vers les deux enfants. Elle serra Séverin pour le calmer puis se redressa pour reprendre Léonce dans les bras du marin.

« Ce p'tit a eu de la chance ! lui dit ce dernier.

– Que s'est-il passé, Gaston ? » lui demanda Mathilde qui s'approchait à son tour.

L'homme haussa les épaules.

« J'ai pas bien compris, admit-il. J'ai entendu hurler et j'ai vu le p'tit qui pendait par-dessus bord. »

À ces mots, Suzanne devint d'une pâleur effrayante. Elle dut s'accrocher au bras du marin pour ne pas s'évanouir.

« Par-dessus bord ? répéta Mathilde le plus calmement possible.

– Y s'était pris les pieds dans les cordages. Sans c'la, il tombait à l'eau, c'est certain. »

Mathilde frissonna. Depuis le temps qu'elle naviguait à bord du *Roy-Louis*, elle savait qu'une personne tombant à l'eau avait peu de chances de s'en sortir. Même dans un port car la plupart des marins ne savaient pas nager. Si le petit Léonce de Collange était passé par-dessus bord, aucun homme d'équipage n'aurait pu le sauver. Et l'enfant était trop jeune pour s'en sortir tout seul. Le choc en arrivant sur l'eau l'aurait sans doute assommé, le pont du navire se dressant à plusieurs mètres au-dessus du niveau de la mer.

Les deux petits garçons se calmaient peu à peu lorsque le capitaine de La Jorsonnière surgit à son tour sur le pont. Madame de Collange le suivait de près. Quand elle vit ses deux enfants en larmes, elle pâlit subitement, s'arrêta, hésita, puis se ressaisit.

« Que se passe-t-il ? » demanda-t-elle à Suzanne d'un ton où ne perçait plus aucune émotion.

Suzanne pressa la tête de Léonce contre son épaule et se serra contre Séverin de sorte que son visage était dissimulé par le tissu de son ample jupe.

« Léonce est tombé, madame. Rien de grave », mentit-elle.

Mathilde la regarda, incrédule, mais Suzanne lui lança un regard suppliant.

« Mère, commença Séverin. Léonce...

– Séverin, le coupa Suzanne d'un air sévère. N'ennuyez pas votre mère. »

Le petit garçon se mordit la lèvre et ravala les mots qu'il s'apprêtait à dire.

Lorsque madame de Collange eut disparu et regagné sa cabine, le capitaine de La Jorsonnière interrogea son matelot.

« Gaston ?

– Le p'tit a failli passer par-dessus bord, avoua ce dernier. J'l'ai rattrapé à temps. »

Le père de Mathilde se tourna vers Suzanne et la regarda avec sévérité.

« Mademoiselle, je ne...

– S'il vous plaît, monsieur, ne dites rien à ma maîtresse, le supplia la jeune fille. Tout est bien maintenant. Inutile de l'inquiéter pour rien. Elle est déjà si abattue.

– Vous comprendrez, mademoiselle, que je ne peux admettre de courir aucun risque, déclara le capitaine en la regardant droit dans les yeux. S'il arrivait malheur à l'un de ces enfants, le roi ne me le pardonnerait jamais. »

Suzanne baissa la tête, honteuse.

« Je les surveillerai sans relâche », promit-elle.

Pierre-Louis de La Jorsonnière se tourna légèrement vers son homme d'équipage.

« Gaston, trouvez-moi un cordage pour sangler ces deux enfants et les attacher au bateau avec une ligne de vie par mesure de sécurité. Un tel incident ne doit pas se reproduire. Je n'ose imaginer la réaction du roi s'il leur arrivait quoi que ce soit... »

5

Gouvernante !

« Mathilde ! »

La voix forte de Pierre-Louis de La Jorsonnière arrêta la jeune fille alors qu'elle quittait la cabine où s'était tenu le souper.

Le capitaine, son second Paul de Quintaine, les officiers du *Roy-Louis* et Mathilde avaient dîné en compagnie de madame de Collange dans la grande cabine qui servait de salle à manger à bord du navire. Pour faire honneur à sa passagère, le capitaine avait fait sortir la porcelaine fine de Limoges, les verres en cristal et les couverts en argent qu'il réservait aux hôtes de marque. Les bougies des candélabres en argent jetaient une lumière douce sur la table et faisaient scintiller les matériaux nobles. Il avait également revêtu son grand uniforme de corsaire du roi qui soulignait sa haute stature, sa taille fine et musclée et son maintien très digne. Pierre-Louis de La Jorsonnière était un bel homme, assurément, mais madame de Collange restait insensible à son charme. Elle n'avait presque pas parlé de tout le repas, se contentant de répondre par monosyllabes aux questions du capitaine ou de hocher la tête sans rien dire. Quant à la nourriture, elle y avait à peine touché. Le cuisinier, pourtant, s'était surpassé.

« J'ai à vous parler, dit Pierre-Louis de La Jorsonnière à sa fille. Restez quelques minutes encore. »

Le capitaine attendit que tous les autres convives aient quitté la pièce et se tourna vers sa fille. Il sourit. Elle était ravissante dans sa robe de taffetas mauve, avec ses cheveux relevés en un chignon tressé. Il regrettait vraiment qu'elle n'eût pas plus souvent l'occasion de s'habiller comme toutes les jeunes filles de son âge. Quand il la voyait ainsi parée, il réalisait que Mathilde n'était plus une petite fille. À 15 ans, sa féminité s'affirmait de plus en plus sous ses traits encore enfantins.

« Vous vouliez me parler ? » dit soudain Mathilde.

La jeune fille n'aimait pas lorsque son père la regardait avec cet air rêveur. Elle savait qu'il se posait de plus en plus souvent la question de la faire entrer dans un pensionnat de renom pour espérer en faire une dame de la cour. Mais Mathilde ne voulait pas de cela. Elle souhaitait rester libre et continuer de naviguer : c'était toute sa vie.

« Oui, Mathilde, commença le capitaine avec un ton un peu solennel. Je vous demande de veiller sur ces deux garçons. »

Mathilde écarquilla les yeux de surprise.

« Mais je...

– Vous connaissez le bateau mieux que personne, la coupa son père. Vous-même vous avez été enfant à bord. Vous connaissez les endroits où ils pourraient avoir envie d'aller explorer, de se cacher peut-être, de faire des bêtises... »

Mathilde ne réagissait pas mais, à mesure que son père parlait, elle revoyait la cale encombrée de tonneaux entassés en un fragile équilibre, la cambuse — c'est ainsi que s'appelait le garde-manger sur un bateau — où elle aimait fureter, les barils de poudre qui la fascinaient, les échelles de corde qui l'attiraient vers le ciel. Ses souvenirs à bord étaient si nombreux !

« Ils ont leur propre gouvernante, protesta-t-elle après un moment.

– Certes, certes, opina son père de la tête. Mais que peut-elle faire, seule, avec ces garnements ? Quelques heures à bord du *Roy-Louis* leur ont suffi pour se mettre déjà en danger. Et nous n'avons toujours pas levé l'ancre. Vous ne serez pas trop de deux. Et puis vous avez l'habitude de vous mouvoir sur un navire. Elle, non.

– Elle pourrait au moins... »

Pierre-Louis de La Jorsonnière se fâcha. Il aimait être obéi, et vite !

« C'est un ordre ! » trancha-t-il.

Mathilde baissa la tête. Eh bien, soit, elle aiderait Suzanne, mais elle espérait bien lui apprendre très vite tous les secrets du bateau pour retrouver une certaine liberté de mouvement. Il n'était pas question que deux petits garçons de 7 ans lui gâchent toute sa traversée.

6

Au revoir, la France !

Le *Roy-Louis* appareilla avant que le jour se lève tout à fait. Mathilde, alertée par le bruit familier des manœuvres, sauta au bas de son lit et s'habilla en silence pour ne pas réveiller Suzanne qui dormait profondément. Par la petite fenêtre de la cabine, on apercevait le ciel qui commençait tout juste à blanchir à l'horizon. Quand elle fut prête, la jeune fille monta sur le pont pour assister au départ. Elle aimait ce moment si particulier où les dernières amarres tombaient à l'eau, rompant ainsi les ultimes liens avec la terre ferme.

Mathilde rejoignit son père à l'arrière du bateau où il tenait la barre pour écarter le *Roy-Louis* des quais. Tout autour d'eux, l'équipage s'activait en silence en un ballet parfaitement rodé. Chacun connaissait son rôle et avait déjà fait des dizaines et des dizaines de fois les gestes qu'il répétait de nouveau. Personne ne parlait, pourtant l'air était vibrant d'excitation. Les hommes reprenaient la mer ; ils attendaient ce moment depuis longtemps, le *Roy-Louis* ayant fait escale en France plus d'un mois.

Dans les mâts et le long des vergues de bois, les gabiers attendaient un ordre de leur capitaine pour libérer toute la voilure. Pour le moment, les manœuvres de sortie de port ne se faisaient qu'avec une voile réduite pour éviter de prendre trop de vitesse.

Pierre-Louis de La Jorsonnière maniait la roue de sa barre sans hésiter. Son geste était vif et sûr, les hommes savaient qu'ils pouvaient compter sur son jugement. Le corsaire du roi connaissait son navire comme personne. Il anticipait ses réactions, palliait ses petits défauts et exploitait chacune de ses qualités. Lorsqu'ils passèrent entre les deux portes du port de La Rochelle, le capitaine se tourna vers sa fille.

« Nous rentrons chez nous », lui dit-il simplement.

Mathilde leva les yeux sur lui et sourit.

« Oui », souffla-t-elle.

Lorsque Pierre-Louis de La Jorsonnière était entré dans la marine royale, il y avait de cela plus de vingt ans, il s'était très vite fait remarquer par Colbert, le secrétaire d'État à la Marine qui eut tôt fait de le recommander au roi pour devenir l'un de ses corsaires. On lui confia alors le commandement du *Roy-Louis* et Pierre-Louis de La Jorsonnière multiplia les campagnes victorieuses, dont il revenait les cales chargées de trésors. Les premières années de sa carrière, le capitaine vécut en France quand il n'était pas sur l'eau. Mais après sa rencontre avec Marie de Maltan et son mariage avec elle, Pierre-Louis de La Jorsonnière partit s'installer dans l'île de Saint-Domingue. Il appréciait le climat des tropiques qui, en outre, convenait parfaitement à la santé fragile de sa nouvelle épouse. Il ne revenait alors en France que pour livrer ses butins au roi et prendre auprès de lui ses ordres de mission.

La vie à Saint-Domingue plaisait beaucoup aux époux La Jorsonnière. Ils y avaient une belle maison et d'excellents amis. C'était là aussi que Mathilde était née et avait fait ses premiers pas. À la mort de sa mère, Mathilde et son père avaient gardé leur maison sur l'île. Ils y allaient moins souvent et n'y restaient que peu de temps, mais l'idée de retourner s'installer en France ne les avait même pas effleurés : Saint-Domingue était leur pays.

Quand les tours de La Rochelle furent suffisamment éloignées, Pierre-Louis de La Jorsonnière leva simplement la main. C'était le signal que ses hommes attendaient. Les gabiers dénouèrent les cordages qui retenaient les grandes voiles carrées. Elles se déplièrent dans un claquement sec et se gonflèrent tout à fait avec le vent. Le *Roy-Louis* commença à prendre de la vitesse. Mathilde regardait la terre s'éloigner de plus en plus vite.

Bientôt, le navire se pencha doucement sur le côté et s'installa dans sa trace. Le roulement des vagues sur la coque lui imprima un mouvement lent et régulier. Mathilde releva le menton et respira le bon air marin à pleins poumons, elle était dans son élément.

Les côtes de France avaient presque disparu à l'horizon lorsqu'elle aperçut deux petites silhouettes blanches s'apprêtant à monter sur le pont.

7

Mal de mer

Mathilde s'élança vers les deux enfants mal réveillés et complètement déboussolés. En la voyant réagir ainsi, son père ne put s'empêcher de sourire : sa fille prenait finalement son rôle plus à cœur qu'elle ne voulait le montrer.

« Que faites-vous ici ? demanda-t-elle d'une voix sévère.

– Où sommes-nous ? » pleurnicha l'un des deux en regardant tout autour de lui sans trop comprendre.

Mathilde sourit. Elle se rappelait que, petite, il lui arrivait de se réveiller sans se souvenir de l'endroit où elle se trouvait. Elle était alors terrorisée.

« Nous sommes sur le *Roy-Louis*, le bateau de mon père, lui répondit-elle sur un ton plus doux. Nous partons pour la Martinique. Vous souvenez-vous ? »

Elle regarda les deux enfants l'un après l'autre, se demandant qui était qui. « Sa mission de surveillance n'allait pas être facile », pensa-t-elle.

L'un des deux petits garçons hocha la tête en retrouvant le sourire.

« Votre papa est le capitaine du navire ? lui demanda-t-il, les yeux pleins d'admiration.

– Oui, Séverin », tenta Mathilde.

Le garçonnet sourit de plus belle.

« Oh non, moi c'est Léonce. »

Mathilde se mordit la lèvre. Raté !

« Suzanne nous a dit qu'il était un corsaire, enchaîna son frère. Mais où est le drapeau pirate ? »

Mathilde rit.

« Les corsaires ne sont pas des pirates. Ils travaillent pour le roi et sont gentils. Mais à propos de Suzanne, où est-elle ? Ne deviez-vous pas rester dans votre chambre jusqu'à ce qu'elle vienne vous y chercher ? »

L'un des deux baissa la tête, un peu penaud. L'autre, au contraire, la regarda avec un air faussement innocent.

« Nous l'avons appelée, mais elle ne répondait pas », dit-il avec aplomb.

Mathilde fronça les sourcils d'un air sévère pour lui montrer qu'elle n'était pas dupe. Seulement, tant qu'elle ne serait pas capable de les reconnaître, elle aurait du mal à se faire obéir.

« Allons voir », dit-elle.

Elle fit passer les deux enfants devant elle, les remit dans leur cabine et rejoignit la sienne.

Quand Mathilde poussa la porte de sa propre cabine, la jeune fille comprit tout de suite que quelque chose n'allait pas. Le petit garçon de madame de Collange avait peut-être dit vrai. Un long gémissement s'échappait effectivement d'un coin de la chambre. Mathilde se précipita et trouva Suzanne prostrée par terre, la tête entre ses jambes repliées sous elle.

« Suzanne ! » l'appela-t-elle doucement.

La jeune fille releva la tête lentement. Elle était livide.

« Suzanne ! » s'affola Mathilde.

Elle avait rarement vu quelqu'un avec un teint si blafard.

Suzanne gémit, le cœur au bord des lèvres.

« C'est le bateau, murmura-t-elle. Le mouvement... »

Ses boyaux se tordaient à chaque roulis. Elle avait l'impression qu'un poids lui pesait dans le ventre et menaçait de remonter dès que le navire abordait une nouvelle vague. Mathilde lui sourit.

« Vous avez le mal de mer, lui dit-elle doucement. Rallongez-vous, cela va passer. »

Elle soutint Suzanne pour qu'elle retourne à son lit puis posa près du matelas une bassine en porcelaine en cas de nausées.

« Ne vous inquiétez pas, la rassura-t-elle. Vous n'êtes pas la première qui souffre du mal de mer. D'ici quelques heures, il n'y paraîtra plus.

– Et les enfants ? s'alarma Suzanne. Je suis incapable...

– Je m'en occuperai, ne vous inquiétez pas, la rassura Mathilde un brin amère. Je vais d'ailleurs aller les voir tout de suite pour vérifier qu'ils ne sont pas malades eux aussi. »

Il était inutile de dire à Suzanne qu'elle avait déjà récupéré les garçons sur le pont. Cela ne servirait à rien de l'inquiéter.

Mathilde se leva et s'apprêtait à sortir de la cabine quand la voix faible de Suzanne la retint.

« Mathilde ! »

La fille du capitaine se retourna.

« Séverin a un grain de beauté sur l'aile du nez », lui souffla Suzanne.

Mes romans

FLEURUS

N° d'édition : 14201
Achevé d'imprimer en septembre 2014 par Corlet, France
Dépôt légal : octobre 2014